Hans Jürgen Press

DAS GROSSE RÄTSELBUCH FÜR SPÜRNASEN

cbj

© privat

DER AUTOR

Hans Jürgen Press wurde 1926 im ostpreußischen Masuren geboren und lebte als Karikaturist und Autor zahlreicher Kinder- und Jugendbücher mit seiner Familie in Hamburg. Er war lange Zeit für den »Stern« tätig und ist für seine Bilder- und Sachbücher im In- und Ausland bekannt geworden. Mit seinen detektivischen Suchbildergeschichten hat er unverwechselbare Klassiker geschaffen. Hans Jürgen Press verstarb im Herbst 2002.

© Random House/Isabelle Grubert

DER ILLUSTRATOR

Julian Press, Jahrgang 1960, studierte in Hamburg an der Fachhochschule Grafik und Illustration, hat in einem Jugendbuchverlag volontiert und war dann für Jugendzeitschriften und in einer Werbeagentur tätig. Schon bald begann er selbst für Kinder zu schreiben und zu zeichnen. Er trat früh in die Fußstapfen seines Vaters, Autor der berühmten »Schwarzen Hand«, und begann eigene Ratekrimis und Wimmelbilder zu entwerfen. Nach längerem Aufenthalt in Brüssel lebt er heute mit seiner Frau als freier Grafiker und Autor in Hamburg. Seine sehr lebendigen, interaktiven Lesungen sind bei kleinen und großen Spürnasen sehr beliebt.

HANS JÜRGEN PRESS

DAS GROSSE RÄTSELBUCH FÜR SPÜRNASEN

Dieses Buch gehört:
Elena Mark

cbj

Kinder- und Jugendbuchverlag
in der Verlagsgruppe Random House

MIX
Papier aus verantwortungsvollen Quellen
FSC® C005833

Verlagsgruppe Random House FSC® N001967
Das FSC®-zertifizierte Papier *Munken Cream* für dieses Buch
liefert Arctic Paper Munkedals AB, Schweden.

2. Auflage
Erstmals als cbj Taschenbuch Juni 2015

Lektorat: Bertrun Jeitner-Hartmann
Umschlaggestaltung: Atelier Langenfass, Ismaning
SaS · Herstellung: wei
Satz: Uhl + Massopust, Aalen
Druck und Bindung: Těšínská tiskárna, a. s. Český Těšín
ISBN 978-3-570-22559-2
Printed in the Czech Republic

www.cbj-verlag.de

Inhalt

Die heiße Spur

Über fünfzig Ratekrimis
und Rätselbilder

Ein mysteriöser Fall

Habt ihr das gehört?«, fragte Angela aufgeregt, als die Paviane an diesem Sonntagmorgen unterwegs waren.

»Ja«, antwortete Patrick, »da hat jemand um Hilfe gerufen!«

Eddie und die Paviane rannten den Fußweg entlang und sahen eine Frau am Fenster eines Hauses. Sie schrie noch einmal »Hilfe!«, bevor sie verschwand und das Fenster zuklappte.

»Los, zum zweiten Stock!«, befahl Eddie. »Wir schauen mal nach!«

Sekunden später starrten alle in einen verwinkelten, dunklen Flur mit mehreren Türen auf einer Seite.

»In einem dieser Zimmer …«, flüsterte Angela.

Die Paviane klopften überall an, aber es meldete sich niemand.

»Heee«, rief Viktor auf einmal. Er winkte hastig, während er durch ein Schlüsselloch guckte. »Von hier kam der Hilferuf!«

Woran hatte Viktor das erkannt?

MAC

Eine feine Adresse

Bereits am nächsten Tag hatte die Pavianbande es mit einem Verkehrssünder zu tun. Während Eddie noch in seinem Notizbuch blätterte, betrachteten die Paviane das Hinterhaus, in dem ein gewisser Herr Hellmann gesucht wurde.

»Nun, worauf warten wir noch?«, fragte Angela.

Im dunklen Treppenflur stolperte Viktor zweimal, bis endlich die richtige Tür im ersten Stock gefunden war.

»Aufmachen, Polizei!«, rief Eddie.

Die Tür war nicht verriegelt und Hellmann lag im Bett.

»Gibt's was?«, fragte er gequält.

»Fahrerflucht in der Prinzenstraße, heute Vormittag«, antwortete Eddie, »und Ihre Autonummer wurde notiert.«

»Unmöglich!«, rief Hellmann. »Ich liege seit gestern mit Hexenschuss im Bett und kann mich überhaupt nicht rühren.«

Eddie blickte sich um.

»Der Mann hat gelogen!«, sagte Patrick.

Was hatte Patrick beobachtet?

17b
Betteln u
Hausieren
verboten!
HEISS-
MANGEL

Kurzschluss im Royal

Zur Belohnung für die Mithilfe zur Lösung des vorherigen Kriminalfalles lud Eddie die Paviane abends ins Hotel Royal ein.

»Ich hab's!«, flüsterte Patrick und tippte mit dem Finger auf die Speisekarte.

»Was hast du?«, fragte Angela.

»Es heißt ›Soufflé Surprise‹, was die beiden Damen da am Nachbartisch – heee, was soll das!«

Patrick brach mitten im Satz ab, denn im Saal war es plötzlich stockdunkel.

»Licht!«, schrie jemand, einige Gäste wurden unruhig. Eddie schaute auf seine Uhr.

»Genau zwanzig Sekunden«, bemerkte er, als das Licht wieder anging. Die Paviane sahen, dass die eine Dame von nebenan leichenblass dasaß.

»Ich könnte auf der Stelle losschreien«, sagte sie, »meine Diamantbrosche ist verschwunden.«

»Können wir Ihnen vielleicht helfen?«, fragte Angela.

»Wir können es wirklich«, fügte Viktor hinzu, »ich habe nämlich etwas beobachtet.«

Wen verdächtigte Viktor und warum?

Der Speisesaal im Hotel Royal, kurz vor dem Verbrechen.

Eine kleine Stromunterbrechung, der Dieb hatte eine Chance.

Eddie und die Pavianbande sind dem Täter auf der Spur.

Ein aufregendes Fest

Den Weihnachtsabend verbrachten die Kinder in einer Berghütte – Viktors Onkel und Tante hatten die Pavianbande eingeladen. Am Kamin erzählte der Onkel, wie Weihnachten früher war: »Viel aufregender als heute!«

Die Paviane betrachteten die uralten Spielsachen des Onkels, die er alljährlich unter den Tannenbaum stellte.

»Klirr!«, machte es da plötzlich.

»Habt ihr das ge…? Das Schiff! Das Schiff!«, rief Patrick.

Alle sahen, wie eine Hand durch das Fenster kam und im Nu das Spielzeugschiff ergriff. Tino bellte und die Paviane stürzten zur Tür.

»Zieht euch warm an, Kinder!«, rief die Tante.

Draußen fanden sie eine Skispur.

»Der ist weg«, sagte Angela.

Viktor ließ den Strahl der Taschenlampe über den verschneiten Boden gleiten.

»Seht mal«, rief er, »der Dieb hat etwas verloren.«

Was hatte Viktor entdeckt?

Heiße Spur im Schnee

Den nehmen wir mit!«, sagte Angela und hob den Skistock auf, der unter der Tanne lag.

»Weiter!«, befahl Patrick. Die Paviane stapften bergab durch den Schnee und Tino blieb mit seiner Nase in der Skispur, bis diese vor einer Treppe endete.

»Klar, hier hat der Dieb die Skier abgeschnallt«, stellte Angela fest.

»Und da?«, fragte Viktor.

»Da hat er seine Beute hingelegt.«

Alle erkannten jetzt den perfekten Abdruck des gestohlenen Spielzeugschiffes im Schnee. Zwei Minuten später drückten sich die Paviane an den Fenstern der »Sansibar« unten am Fluss die Nasen platt.

»Fehlanzeige!«, sagte Viktor, »von dem Blechschiff keine Spur.«

»Aber ich sehe was, das zu dem Spielzeug gehört«, bemerkte Angela.

Was hatte sie entdeckt?

SANSIBA
COLA

SPIELBANK
SANSI
BAR
BAR
SANSI

Fahndung am Morgen

Der Aufziehschlüssel, den Angela in der »Sansibar« liegen sah, gehörte mit Sicherheit zu dem gestohlenen Spielzeugschiff. Verdächtig war ein Mann mit einem Pflaster auf der rechten Wange. Die Paviane kamen am nächsten Tag in aller Frühe wieder zum Fluss und brachten Cousin Eddie von der Kripo mit.

»Wir bleiben hinterm Schleusenhaus«, sagte Eddie, »hier sehen wir uns alle Nachtschwärmer an, die von der ›Sansibar‹ kommen.«

Um fünf nach acht sah Angela endlich den Mann mit dem Pflaster.

»Er hat bestimmt das Schiff in seiner Plastiktüte«, flüsterte sie.

Eddie empfing ihn auf der Brücke, aber er sah gleich, dass die Tüte leer war.

»Er muss das Schiff schnell versteckt haben, um es später wieder zu holen«, sagte Viktor.

»Also suchen wir!«, schlug Patrick vor.

Wo fanden die Paviane das Spielzeugschiff?

PIRAT

P
PIRAT

Besuch am Freitagabend

Die Pavianbande war in der Stadt unterwegs, als sie wieder einmal bemerkte, dass etwas nicht mit rechten Dingen zuging.

»Warum ist unser Tino heute so unruhig?«, fragte Angela, als Eddie und die Paviane auf dem Heimweg durch die Körnergasse kamen.

»Das wissen sogar die Hunde!«, antwortete Viktor, »wenn im Fernsehen ein Krimi läuft, sind in der Stadt die Einbrecher unterwegs!«

»Da!« Angela deutete auf eine Person, die in diesem Augenblick auf der anderen Straßenseite über eine Mauer kletterte. Eddie und die Paviane rannten hinüber, und Patrick versuchte auf Eddies Schultern, sich einen Überblick zu verschaffen.

»Siehst du was?«, fragte Eddie.

Patrick schwieg. Aber nach einer Weile schwang er sich herunter und flüsterte: «Ich weiß, wo der Mann steckt!«

»Dann ab zum Telefon«, sagte Eddie kurz, »eins-eins-null!«

Was hatte Patrick bemerkt?

ANTIK-
LAGER
Ankauf von Trödel
TELE
Körn

ANTIK-
LAGER
Ankauf von Trödel
Zum Büro

Eine alte Bekannte

Hallo, Herr Kommissar!«, rief eine Frau und winkte, als sie am »Café Roma« vorbeikam.

»Ach, sieh an, Frau Feuerbach, lange nicht gesehen«, bemerkte Eddie, der mit seinen Pavianen im Café bei einer Cola saß. Die Frau verschwand, aber kaum eine halbe Stunde später war sie wieder da. Sie stürmte in das Café und schluchzte: »Einbruch! In meiner Wohnung! Vorhin, als ich weg war.«

Am Tatort sah es wirklich schlimm aus. Eddie befragte Frau Feuerbach: »Haben Sie hier etwas angefasst?«

»Nein!«, antwortete Frau Feuerbach.

»Sind Sie gegen Diebstahl versichert?«

»Ja, zum Glück!«

Die Paviane schauten sich um.

»Moment mal«, sagte Viktor plötzlich.

»Was hast du?«, fragte Angela.

»Den Beweis, dass der Einbruch nur vorgetäuscht ist!«

Was hatte Viktor entdeckt?

ROMA

Tatort Hafengasse

Auf dem Heimweg vom Stadtfest wurden Eddie und die Pavianbande Zeuge eines erneuten Vorfalls. Das plötzliche Klirren einer Glasscheibe erschreckte sie so sehr, dass Viktor das Eis von der Waffel rutschte. Eddie und die Paviane rannten bis zur Ecke der Hafengasse und erspähten dort einen Mann, der gerade mit einem Arm im Schaufenster eines Schmuckladens steckte.

»Los, Leute«, flüsterte Eddie, »lauft um den Häuserblock!«

Eine Weile später spazierte der Mann genau in Eddies Arme.

»Hände hoch! Polizei«, sagte Eddie, »her mit dem Glitzerkram!«

»Durchsuchen Sie ruhig alle meine Taschen«, antwortete der Mann, »bei mir finden Sie nichts!«

Da trat Angela von hinten heran, winkte aufgeregt und rief: »Aufpassen, ein ganz neuer Räubertrick!«

Wo vermutete Angela den Schmuck?

Hafengasse
3
Friseur
Juwelier
Ankauf von Zahngold
ZIRKUS LONI
XP-314

3
Friseur
Juwelier
Ankauf von Zahngold
ZIRKUS LONI
XP-314

Ein Dieb an Bord

Die »Sandy« mit Eddie und der Pavianbande an Bord hatte Kurs auf den Eismann im Hafen genommen. Vor dem Bootssteg 3 nahm Patrick plötzlich das Gas weg.

»Da ist was im Busch«, sagte er.

Aus den Wortfetzen, die der Wind herübertrug, konnten die Paviane sich zusammenreimen, was passiert war. Vor wenigen Minuten war aus der Kajüte der »Penelope« eine Fotoausrüstung gestohlen worden.

»Ich habe vorhin die Reling mit Rostschutzfarbe angepinselt und bin nur mal kurz an Land gegangen, um Zigaretten zu holen«, erklärte der Bootsbesitzer aufgeregt.

»Ist das ein Fall für uns?«, fragte Eddie, als Patrick die »Sandy« ins benachbarte Hafenbecken lenkte.

»Na klar«, bestätigte Viktor, »ich habe schon eine Spur.«

Wen verdächtigte er?

RIO
Tamara
19
PENELOPE
LOLA
PIRAT
SANDY

NEPTU
5
POLA
RIALTO
NIXE
7
39

Im Wald bei Förster Grünkorn

Vier Fälle für findige Füchse

Wo ist Napoleon?

Im Försterhaus, mitten im Uhlenwald, wohnte Waldemar Grünkorn mit seiner Familie. Jeden Morgen, wenn über dem Wald die Sonne aufging, knarrte die alte Eichentür des Försterhauses. Dann erschienen Waldemar Grünkorn, seine Frau und seine beiden Kinder Florian und Charlotte auf dem Balkon, um den Frühstückstisch zu decken.

»Ach, Kaffeeduft am Morgen zerstreut Kummer und Sorgen«, rief Förster Grünkorn freudestrahlend an diesem Morgen.

»Habt ihr Napoleon gesehen?«, fragte Florian.

Verwundert schaute sich die Familie nach ihrem treuen Vierbeiner um.

»Ich weiß, wo er steckt«, antwortete Charlotte nach einem kurzen Moment.

Wo war der Hund Napoleon?

Ein Dieb ist unterwegs

An einem Freitagnachmittag beobachtete Förster Grünkorn bei seinem Rundgang in seinem Revier eine merkwürdige Gestalt, die gerade im Begriff war, mit einem Sack durch das Küchenfenster eines Hauses hinauszuklettern.

»Fass ihn, Napoleon!«, rief Förster Grünkorn seinem Dackel hinterher, der sich an die Fersen des davoneilenden Diebes heftete. Erst jetzt bemerkte Förster Grünkorn, dass es sich um den steckbrieflich gesuchten Ede Kurzback handelte.

Kurzback konnte jedoch seine Verfolger blitzschnell abschütteln und seine Spur verlor sich schon bald im Dunkel der Tannenschonung. Förster Grünkorn befürchtete bereits, die Fährte verloren zu haben, als plötzlich der Dackel bellte. Mit einem Blick hatte der Förster eine getarnte Höhle entdeckt, wo sich Ede Kurzback aufzuhalten schien.

Wo entdeckte Grünkorn die Höhle?

Die Falltür zur Höhle

Heilige Haselnuss!«, schimpfte Förster Grünkorn, »eine Räuberhöhle in meinem Wald!«

Dackel Napoleon spürte unter dem Moos eine Falltür auf, Förster Grünkorn öffnete sie und blickte in das Erdloch.

»Keine Menschenseele«, murmelte Grünkorn vor sich hin. Er wartete noch eine Zeit lang, aber Ede Kurzback ließ sich nicht mehr blicken.

Am nächsten Morgen besuchte der Förster die Höhle von neuem und stellte sofort fest, dass inzwischen jemand hier gewesen sein musste.

Woran erkannte Förster Grünkorn das?

»Ob heute Abend wohl jemand hierher zurückkehrt?«

»Donnerwetter, hier war inzwischen jemand!«

Ein Holzdieb im Wald

Knapp eine Woche nachdem Ede Kurzback in seiner unterirdischen Höhle festgenommen werden konnte, machte Förster Grünkorn erneut einen Rundgang durch sein Revier.

»Heiliger Hubertus«, brummte Grünkorn, »ein Holzdieb in meinem besten Revier!«

Sofort machte er sich mit seinem Dackel Napoleon auf die Suche nach dem Täter. In einer Waldlichtung stieß er auf mehrere Waldarbeiter und ihre frisch mit Holz beladenen Fahrzeuge. Förster Grünkorn prüfte eingehend ihre Wagenladungen und war sich nach kurzer Zeit sicher: »Jawohl, hier ist mein Baumstamm!«

Auf welchem Fahrzeug lag der gestohlene Baumstamm?

Althagen
3,5 Km
Paul Specht
OFEN-& KAMINHOLZ
AK 1317

Was spukt im Garten?

»Was hast du, Napoleon, warum bellst du mitten in der Nacht?«, flüsterte Charlotte und rieb sich die Augen.

Auch Florian war hellwach: »Psst! Napoleon hat Recht, da draußen muss jemand sein!«

Bäng – bäng! machte es plötzlich draußen im Garten.

»Was war das?«, rief Charlotte und saß kerzengerade im Bett.

Florian und Charlotte schauten aus dem Fenster und waren sich nach kurzer Zeit sicher, wer den Lärm verursacht hatte.

Was spukte in der Nacht?

»Ich mache lieber die Fensterläden zu!«, ruft Florian.

Ein Glück, dass Napoleon bei uns ist!, denkt Charlotte.

»Such die Spur!«, ruft Förster Grünkorn.

Von Seefahrern und Piraten

Sieben Suchbildergeschichten zur See

Wo sind der Kapitän, Polly und Pongo?

Schon zum dritten Mal spielte die Bordkapelle der »Amanda« das Lied »Nimm mich mit, Kapitän, auf die Reise ...!« Obwohl das Abfahrtssignal schon getutet hatte, blieben der Kapitän, sein Papagei Polly und der Affe Pongo verschwunden. Wo waren die drei Gesuchten?

Keine Spur von Peters Uhr

Judith und Peter machten während ihrer Schulferien eine große Schiffsreise. Als die beiden Kinder eines Tages an der Reling der »Lola« standen, fiel Peters Armbanduhr ins Wasser.

Kapitän Sörensen schickte sofort einen Taucher in die Tiefe, um die Uhr zu suchen. Am Meeresgrund entdeckte dieser einen Riesenkraken, mehrere seltsame Quallen, eine Seeschlange, einen Hai und vielerlei Fischschwärme, die im Schein seiner Taschenlampe vorbeischwammen. Doch von der Uhr fehlte jede Spur.

Wo war die Armbanduhr?

LOLA

Die dreizehn Steine

Heimlich schlich sich der Seeräuber Pedro Gonzalez von Bord seines Schiffes, um an Land seinen Beuteanteil zu verstecken. Bei einer späteren Schiffsreise wollte er seinen Schatz wieder holen. Um ihn dann leichter finden zu können, markierte er einige Steine mit Zahlen. Aber Pedro sollte nie wieder an diese Küste zurückkommen und sein Schatz liegt noch heute da.

Verbindest du die Steine gedanklich mit einer Linie in der Reihenfolge von 1 bis 13, wirst du auf den Schatz hingewiesen.

Wo ist der Schatz?

1
2
3
4
5
6
7
8
9
10
11
12
13

Ein Fund für das Museum

Während Professor Wohlgemuth, der Direktor eines bekannten Museums, bei einer Expedition entlang einer einsamen Meeresküste plötzlich vor dem Wrack eines alten Segelschiffes darüber nachgrübelte, wie das Schiff hier gestrandet sein mochte, sah er etwas im Sand blitzen – eine geheimnisvolle Flaschenpost, die auf einen Schatz hinwies!

Waagerecht: 7. rote Gemüsefrucht, 9. Seemann, 10. andere Bezeichnung für Indianer, 11. Himmelsbote.

Senkrecht: 1. Wasserfahrzeug, 2. südamerikanisches Bergtier (es spuckt), 3. Halsschmuck, 4. eisige Kälte, 5. Pflanze mit drei Blättern (selten mit vier Blättern), 6. großer Hügel, 8. starkes Schiffsseil.

Welchen Schatz entdeckte der Professor?

Das Inselrätsel

Kreuz und quer über die Insel führte eine Fährte zu einem Schatz, den der Leuchtturmwärter an diesem Morgen für die Kinder versteckt hatte.

Mach mit bei der Suche und verfolge die Wegbeschreibung auf dem Zettel von Punkt zu Punkt in der jeweils angegebenen Himmelsrichtung.

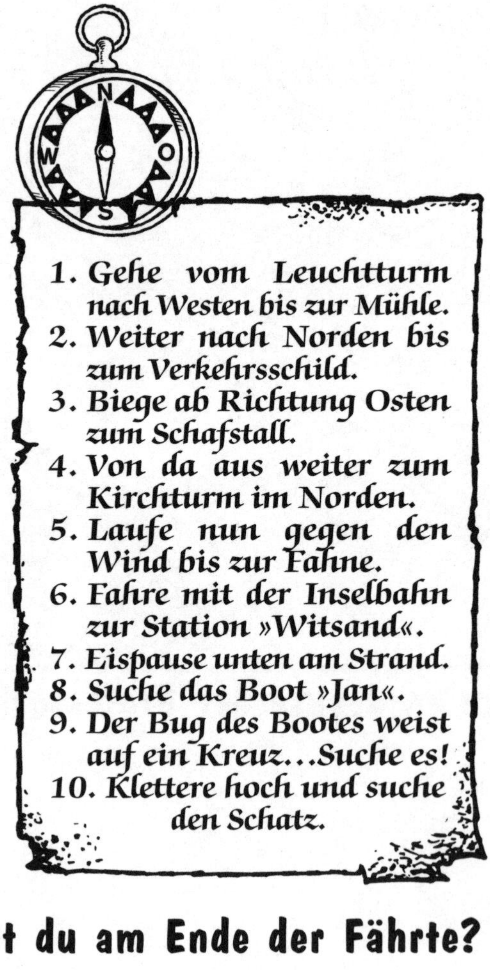

Was findest du am Ende der Fährte?

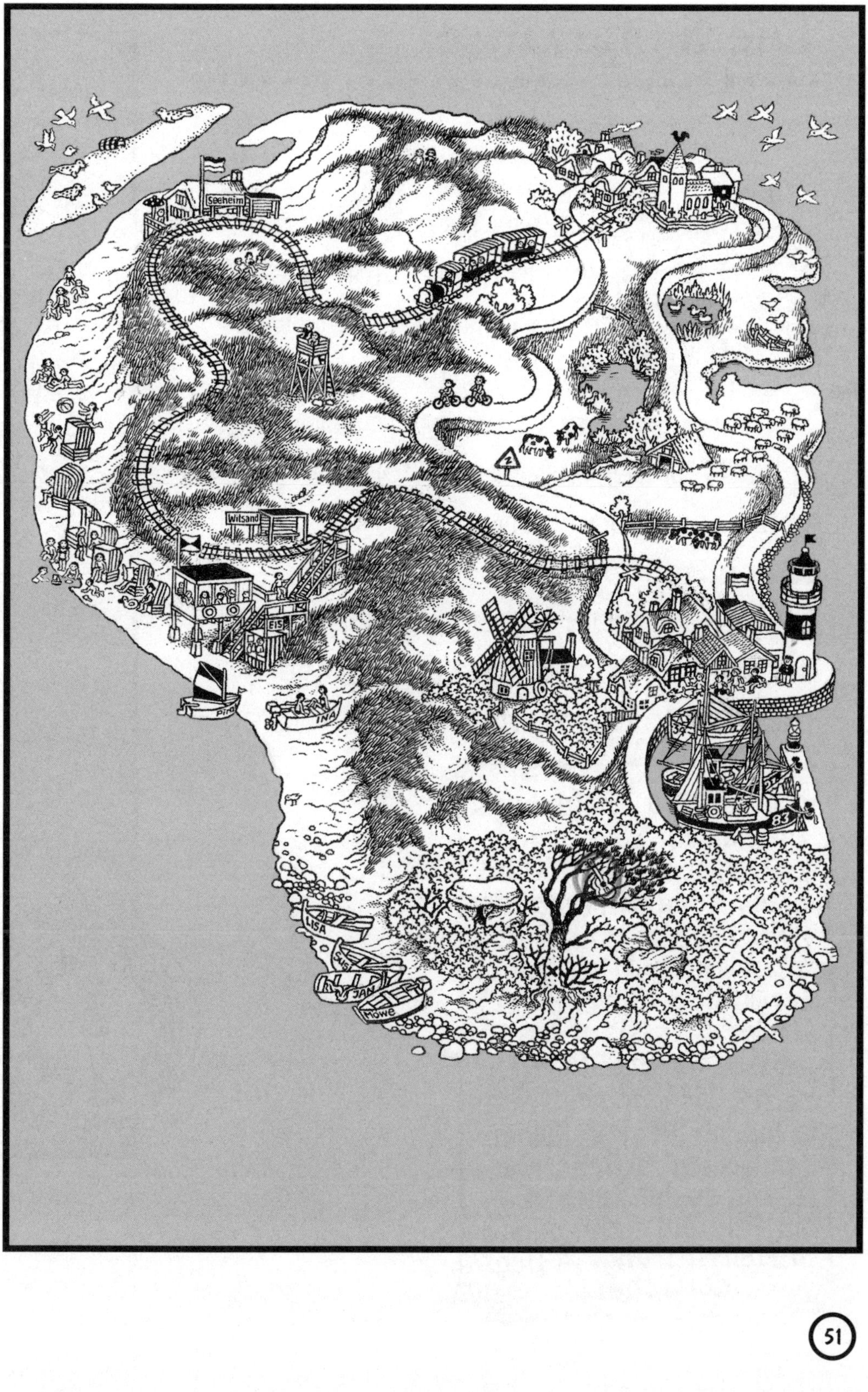
Seeheim
Wilsand
EIS
INA
LISA
JAN
Möwe
83

Die Schatzinsel

Eines Tages entdeckte Jan in einer alten Seemannskiste ein vergilbtes Pergament. Auf ihm war der Weg zu einem geheimnisvollen Schatz auf der »Insel der guten Hoffnung« verzeichnet. Jan benachrichtigte sofort seinen Freund Tom, und mit einem Motorboot machten sich die beiden Jungen auf Schatzsuche, indem sie genau den Himmelsrichtungen folgten.

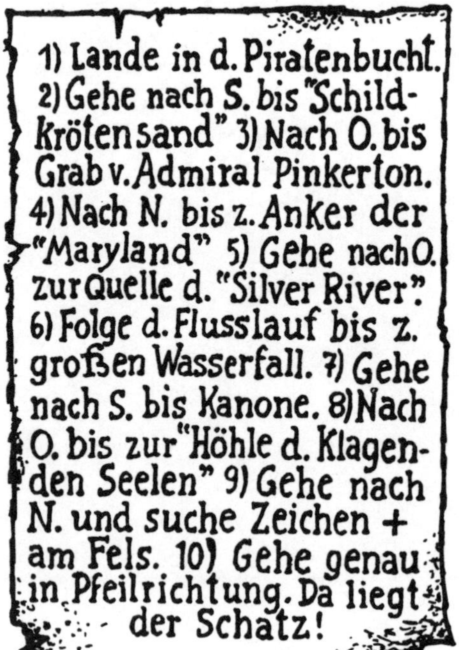
1) Lande in d. Piratenbucht.
2) Gehe nach S. bis "Schild-
krötensand" 3) Nach O. bis
Grab v. Admiral Pinkerton.
4) Nach N. bis z. Anker der
"Maryland" 5) Gehe nach O.
zur Quelle d. "Silver River".
6) Folge d. Flusslauf bis z.
großen Wasserfall. 7) Gehe
nach S. bis Kanone. 8) Nach
O. bis zur "Höhle d. Klagen-
den Seelen" 9) Gehe nach
N. und suche Zeichen +
am Fels. 10) Gehe genau
in Pfeilrichtung. Da liegt
der Schatz!

Wo fanden Jan und Tom den Schatz?

In der Kiwi-Bucht

Unter den vielen Schiffen, die heute am frühen Morgen in der Kiwi-Bucht ankerten, war auch ein Schmugglerschiff mit heißer Ware an Bord.

Du kannst es auch jetzt noch von den beiden Burgfelsen mit deiner Armbanduhr anpeilen: Lege die Uhr genau fünf Minuten vor Zwölf nacheinander auf die gestrichelten Kreise. Richte die Uhr jeweils so aus, dass der Stundenzeiger auf den Leuchtturm zeigt, dann weist der Minutenzeiger auf das Schmugglerschiff. Verlängere bei beiden Linien den Minutenzeiger durch einen Bleistiftstrich. Wo sich die beiden Linien kreuzen, liegt das Schmugglerschiff.

Wie heißt das Schiff?

CAT
ROSA
STAR
POLYP
CORA
LORD
BINGO
LOLA
PIRAT
MIRA
DOLLY
KING
CLIP
NEPTUN
HAI
ROY

Unterwegs mit Professor Löwenzahn

Auf Expedition in Afrika

Abfahrt mit Hindernis

Endlich ging es los! Professor Hubertus Löwenzahn ging heute auf große Expedition nach Afrika und schloss sein Haus für ein halbes Jahr ab. Es sollte für diese Zeit unbewohnt bleiben. Das Gepäck war bereits verladen. Mit seinen Papieren und allen Haustürschlüsseln ließ sich der Professor zum Einschiffen von den Landungsbrücken über die Elbe zum Frachter bringen, als ihm plötzlich ein Gedanke durch den Kopf schoss.

»Ach du liebe Güte, schnell, wir müssen noch einmal umdrehen!«, rief er dem Barkassenführer zu. Mit einer scharfen Kurve nahm die Barkasse wieder Kurs auf die Anlegebrücke. Bereits zwanzig Minuten später erreichte Professor Löwenzahn wieder sein Haus. Er ging kurz hinein und anschließend direkt zu seinem Nachbarn.

Warum musste der Professor noch einmal zurück?

Kurz vor seiner Abfahrt

Neue Expedition

Schon vor seiner Abreise zu einer neuen Expedition stand Professor Löwenzahn im Blitzlicht der Tagespresse. Noch am Tag vor der Abreise hatten zwei Reporter des »Abendkuriers« ihn bei den letzten Vorbereitungen in seiner Wohnung überrascht und wollten ihn interviewen. Doch der Professor winkte nur ab, denn er hatte noch viel zu tun. Über seine Pläne könnte er nicht viel erzählen, und am nächsten Morgen müsste er bereits in aller Frühe auf dem Frachter sein.

Am Abreisetag, an Bord des Schiffes, studierte der Professor den Artikel des »Abendkuriers« und stellte fest, dass die beiden Reporter wieder einmal enorm übertrieben hatten. Fest stand jedoch, dass den beiden Journalisten ein grober Fehler in ihrer Berichterstattung unterlaufen war.

Welchen Fehler hatte der Professor bemerkt?

Neue Afrika-Reise von Professor Löwenzahn

Von unseren Sonderberichterstattern

Hamburg, 11. April

An Bord der »Haifa« verlässt heute der weltberühmte und vielfach geehrte Afrikaforscher Professor Hubertus Löwenzahn die Hansestadt. »Ich will der afrikanischen Wildnis ein sensationelles Geheimnis entreißen!«, soll der pressescheue Wissenschaftler, dessen fantastische Expeditionen in aller Munde sind, Freunden gegenüber geäußert haben.

Von Ägypten bis zum Kap Hoorn kennt Professor Löwenzahn das afrikanische Land bereits wie seine Westentasche. In der Vergangenheit hat er die Pyramiden besichtigt, die Sahara durchquert, das Leben der Gorillas in den tropischen Regenwäldern erforscht, die Kalahariwüste passiert und das Leben in der Savanne beobachtet.

Es ist jetzt zu vermuten, dass die neue Afrika-Reise des weltberühmten Professors die Menschen aller Erdteile aufhorchen lassen wird.

Plauderei auf der Schiffsreise

Die Schiffsreise näherte sich dem Ende, der Frachter hatte bereits die afrikanischen Küstengewässer erreicht. Außer den Besatzungsmitgliedern befanden sich noch sieben Passagiere an Bord. Bei einem Umtrunk in der Kapitänskabine hatte der Professor die Mitreisenden kennen gelernt. Jeder gab vor, mindestens einmal in Afrika gewesen zu sein, und jeder wusste ein Afrika-Erlebnis zu schildern. Aufmerksam hatte sich der Professor die Anekdoten angehört und war anschließend davon überzeugt, dass eine Person geflunkert hatte.

Wer hatte gelogen?

Alle Mann legten sich zur Nachtruhe. **Professor Löwenzahn** denkt noch einmal über die Geschichten nach, die er eben gehört hat. Einer hat gelogen! Er kann nach seinen Erzählungen nicht in Afrika gewesen sein. Hier lest ihr, was jeder erzählt hat.

Alois Blumentritt (berühmter Tierforscher): Für unseren Zoo in Deutschland fahre ich schon seit vielen Jahren nach Afrika. Einem jungen Elefanten habe ich sogar einmal das Leben retten können, als er von der Elefantenherde abgeirrt war.

Emilio Gonzalez (Farmer in Liberia): Ich bin auf der Rückreise in mein Heimatland. Dort besitze ich eine Bananenplantage. In Hamburg habe ich die dortige Marktlage studiert und versucht, neue geschäftliche Beziehungen anzuknüpfen.

Charly Armstrong (nordamerikanischer Weltenbummler): Ich habe leider bisher nur den Norden Afrikas kennen gelernt. Den größten Eindruck haben die gewaltigen Pyramiden in Ägypten auf mich gemacht.

Otto Ramschke (Glasperlenfabrikant): Ich kenne Afrika wie meine Westentasche und hoffe, jetzt mit meinen Fabrikaten hier gut ins Geschäft zu kommen. Ich bin außerdem Hobbyfotograf und habe in der Sahara ein Känguru gefilmt.

Peter Wunderlich (Maschinist): Ich war auf Urlaub in Deutschland und kehre jetzt nach Afrika zurück. Mit einem Schaufelbagger roden meine Kameraden und ich ein Gelände für eine Firma, die dort eine Kautschukpflanzung anlegt.

Benjamin Tokabe (Medizinstudent): Ich habe mein Medizinstudium an einer deutschen Universität beendet und fahre jetzt zurück in meine Heimat. Mutter und Vater warten in Monrovia, der Hafenstadt an der Westküste Afrikas.

Spurlos verschwunden

Das Schiff hatte angelegt und eigentlich wollte Charly Kroll, ein guter Studienfreund, den Professor abholen. Vor der Abreise aus Hamburg hatte Professor Löwenzahn noch eine Ansichtskarte von Charly erhalten, mit einem Foto von sich und seinem Hund »Whisky«. Durch sein Fernglas versuchte Professor Löwenzahn seinen Freund Charly ausfindig zu machen. Erst nach einer geraumen Weile entdeckte er ihn.

Wo war Charly Kroll?

Die Postkarte von Charly Kroll und seinem Hund »Whisky«.

Die Mannschaft des Professors

Gleich am dritten Tag nach seiner Ankunft machte sich der Professor auf, um eine Mannschaft für die schwierige und teilweise unwegsame Dschungelexpedition anzuheuern.

Viele Dorfbewohner waren sofort bereit, die Forschungsreise mit ihm anzutreten.

Lediglich drei Personen meldeten sich krank. Nach kurzer Überlegung war sich der Professor sicher, dass einer von ihnen nur vorgab, krank zu sein.

Welche Person war es?

Lullu meint,
dass er an
Zahnschmerzen
leide.

Tetwi kommt
mit einem
eingegipsten Fuß.

Pongo ist zu
entkräftet, um bei
einer Expedition
mitzumachen.

Der verschwundene Koffer

Ausgerechnet mit 13 Trägern hatte sich die Gruppe um Professor Löwenzahn zu seiner Forschungsreise aufgemacht. Langsam bahnten sich die Männer den Weg durch das Dickicht, dabei kam jedoch ein Gepäckstück abhanden. Sein Fehlen bemerkte Professor Löwenzahn jedoch erst am Abend beim Lagerplatz. Seine beiden afrikanische Freunde Romo und Katangu erklärten sich bereit, den Trampelpfad noch einmal zurückzulaufen, um den fehlenden Koffer suchen.

Wo war der Koffer?

Eine geheimnisvolle Höhle

Der Stammeshäuptling erzählte seinem Freund Professor Löwenzahn von einer nahe beim Dorf gelegenen Höhle. Mit einem Einbaum paddelten sie gemeinsam zu der Höhle. Die Zeichnung auf der Felswand erzählte vom großen Leid während der Zeit der Versklavung. Doch Professor Löwenzahn war sich nicht sicher, ob diese Zeichnung tatsächlich im Jahr 1783 entstanden war, oder womöglich doch erst später.

Welche Überlegung war richtig?

1783

Achtung Aufnahme!

Professor Löwenzahn war überglücklich, denn erstmals war es ihm gelungen, die Niststätten eines exotischen Storchenvogels zu erforschen. Im unzugänglichen Sumpfdickicht hatte er eines der Nester dieses großen Vogels entdeckt. Sogleich wollte er mit Hilfe seiner Freunde die einzigartigen Stimmen dieser Vögel aufnehmen. Einer der Männer hängte das lange Kabel von oben aus in die Nähe des Nestes. Dann warteten sie im Wurzelgeflecht des hohlen Baumes, bis der Vogel seine Jungen gefüttert hatte. Der Krach war groß, doch als sie anschließend das Tonbandgerät einschalteten, kamen ganz andere Laute aus dem Apparat.

Woher stammten diese Laute?

Besuch am nächtlichen Lager

Professor Löwenzahn war mit seiner Mannschaft weiter in den Dschungel vorgedrungen, und nach der Durchquerung vieler Sümpfe und Flüsse beschlossen sie, einen Ruhetag einzulegen. Am Abend machte Professor Löwenzahn noch eine Eintragung in sein Tagebuch, bevor er die Petroleumlampe löschte. Während seine Freunde bereits schliefen, lauschte er den Stimmen des nächtlichen Urwalds. Doch plötzlich hörte er ein Geräusch im Zelt. In der Dunkelheit konnte der Professor nichts erkennen, alle seine Begleiter schienen zu schlafen. Sollte sich etwa ein Raubtier oder eine gefährliche Schlange in sein Zelt geschlichen haben? Erst später fiel dem Professor etwas auf. Da wusste er sofort, wer der nächtliche Besucher gewesen war.

Wer war der nächtliche Besucher?

TabaK
TabaK

Jonny's Hotel

Während seiner Expedition musste Professor Löwenzahn entdecken, dass selbst in diesem abgelegenen Gebiet Diebe ihr Unwesen trieben.

Eines Tages traf er mit seinen Leuten vor einem großen Blockhaus ein. »Jonny's Hotel« stand auf einem Schild. Als Professor Löwenzahn und seine Crew ihr Boot am Anlegeplatz festmachen wollten, stand der Wirt grinsend auf der Treppe und winkte ab: »Bedaure, meine Herren, das Hotel ist voll belegt.«

Es waren recht finstere Gestalten, die Professor Löwenzahn und seine Freunde anstarrten. Man hatte das Gefühl, dass hier etwas nicht stimmte.

Noch bevor Professor Löwenzahn fündig werden konnte, stupste ihn sein Freund Tobi an und machte ihn auf eine Schmuggelware aufmerksam.

Was wurde hier geschmuggelt?

BAR
King Whisky
Dry Gin
NEGRO
WHISKY
ÖL

Marabu, bitte melden!

Hilfe, ich muss notlanden!« Das war der letzte Funkspruch des Diamantenhändlers Fred Kieselstein. Er selbst, sein Flugzeug »Marabu«, sein Hund Tobi und eine Tasche

voller Diamanten waren seitdem im Urwald verschollen. Sein Freund Professor Löwenzahn befragte die Eingeborenen in einem Dorf und machte sich dann auf die Suche.

Wo waren Fred, Tobi, das Flugzeug und die Tasche?

Ein Irrtum klärt sich auf!

Bei seiner Rückkehr wurde Professor Löwenzahn von den Dorfbewohnern sehr freundlich empfangen. Auf seiner Expedition hatte er in einem Buch alle Tiere, von denen er meinte, sie im Urwald gesehen zu haben, in Wort und Bild festgehalten. Er musste jedoch zur Kenntnis nehmen, dass ihm ein paar Fehler unterlaufen waren, denn ein Dorfbewohner machte den Professor auf drei Tiere aufmerksam, die es nicht im Urwald gibt.

Welche drei Tiere waren es?

Abenteuer im Wilden Westen

Neun Geschichten von Colts und Cowboys

In der Buffalo-Bar

Der Sheriff hatte die Tür zum Hinterzimmer der Buffalo-Bar aufgestoßen und stellte die Männer zur Rede. Gesucht wurde der Diamantschmuck aus dem Besitz der Henny Rosenbaum. Wo war er?

Goldrausch in Jerry-Hill

Billy Browns Goldklumpen mit den eingekratzten Buchstaben »BB« wurde gestohlen. Der Sheriff kam im rechten Augenblick, um den Dieb zu fassen. Wer hatte das Gold gestohlen?

Auf der Rocky Ranch

In diesem Blockhaus lebte Bruno Adams mit seinen vier Söhnen. Einer von ihnen war mit dem Gesetz in Konflikt geraten. Als der Sheriff erschien, war er bereits verschwunden. Wo war Archie?

In Jerry-Hill ist der Teufel los

Aus der Western Bank waren zehntausend Dollar geraubt worden. Der Bandit war gefasst, aber die Tasche mit dem Geld blieb spurlos verschwunden. Wo war sie wohl versteckt?

Wo steckte »Dreifinger-Joe«?

Der lang gesuchte Bandit »Dreifinger-Joe« sollte mit dem Zwölf-Uhr-Express angekommen sein. Der Sheriff warf noch einen Blick auf den Steckbrief. Wo entdeckte er den Banditen?

In letzter Sekunde

Durch einen anonymen Brief wurde ich gewarnt«, berichtete Sheriff Jim atemlos. »Banditen haben ein Attentat auf den Gold-Express geplant.«

»Vorwärts! Das müssen wir vereiteln!«, brüllte sein Freund Abraham.

Der Gold-Express näherte sich bereits fauchend der Holzbrücke über der Geierschlucht.

»Achtung!«, schrie der Sheriff plötzlich, »da ist ein Pulverfass! Der Zug ist in höchster Gefahr!«

In letzter Sekunde gelang es ihm, durch einen gezielten Schuss die brennende Zündschnur glatt zu durchtrennen.

Wo war das Fass mit dem Dynamit?

JERRY-HILL
am 9. Mai 1868

Unruhe in Silvertown

Gerade noch rechtzeitig wurden der Sheriff und sein Gehilfe Zeuge bei einem Duell in Silvertown. Sie entdeckten eine dritte Person, die aus dem Hinterhalt feuerte. Wo hatte sie sich versteckt?

Tumult im River Saloon

Hier roch es nach Pulverdampf. Beim Pokern hatte jemand das Kreuz-Ass verschwinden lassen. Der Sheriff kam herein, um den Falschspieler zu stellen. Wo war er?

Botschaft auf der Baumrinde

Nach einem langen Ritt war Goldsucher Billy in der Blockhütte seines alten Freundes Tom angelangt. Aber Tom war nicht da. In der Hütte fand Billy ein Stück Birkenrinde mit einer verschlüsselten Botschaft darauf. Sofort machte er sich daran, das Rätsel zu lösen.

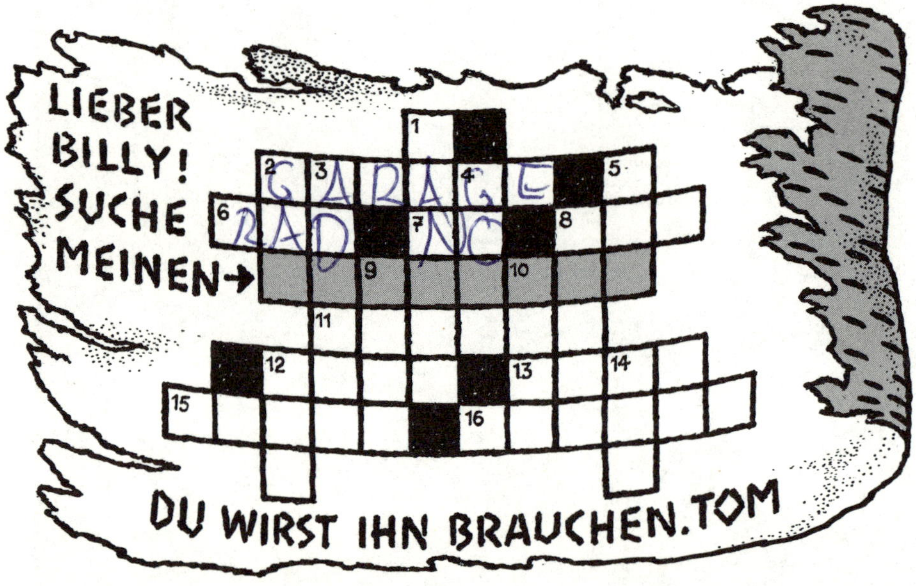

Waagerecht: 2. Unterstellraum für Autos, 6. Teil eines Wagens, 7. Abkürzung für Nordosten, 8. Hafenmauer, 11. Räuber, Schurke, 12. Nagetier, 13. Täschchen für Schreibzeug, 15. kleine Frucht vom Strauch, 16. Hänsels Schwester.

Senkrecht: 1. Schwere Feuerwaffe, 2. weich gekocht, 3. anderer Name für den Storch, 4. wertvolles Metall, 5. Nachtlokal, 8. Halsschmuck, 9. Wassergefäß für Blumen, 10. Zahl, 12. getrocknetes Schnittgras, 14. ein Mädchenname.

Wo war der gesuchte Gegenstand zu finden?

Den Dieben auf der Spur

Suchaufgaben für Meisterdetektive

Luftpost der Stranddiebe

Jörg und Silke machten Stielaugen, als plötzlich eine Papierschwalbe neben ihnen im Sand landete.

»Nanu«, rief Jörg, »da steht ja was drauf!«

Sie falteten das Papier auseinander und stellten fest, dass es eine rätselhafte Nachricht enthielt.

»Merkst du was«, sagte Silke, »hier meldet ein Langfinger dem anderen, wo er seine Beute versteckt hat. Wir müssen unbedingt das Rätsel lösen und das Diebesversteck aufstöbern!«

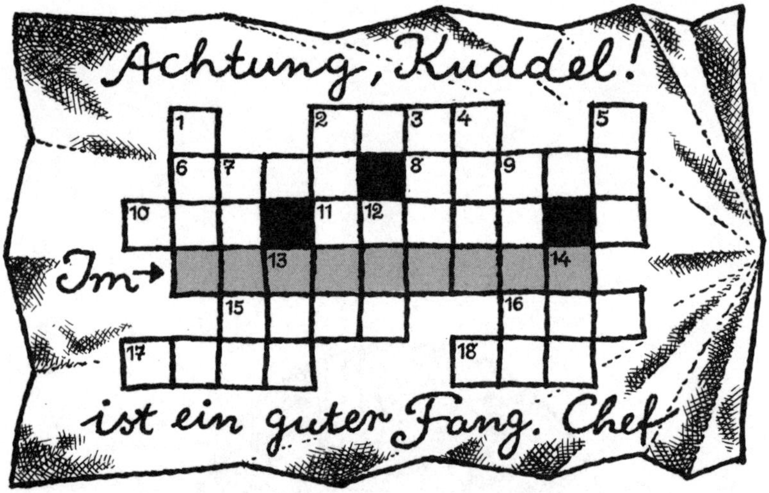

Waagerecht: 2. Brettspiel, 6. Hauptstadt von Norwegen, 8. Teil der Schiffsausrüstung, 10. Ansiedlung, Stelle, 11. Zündschnur, 15. Wasserleitung, 16. Getränk, 17. Federvieh, 18. Wild.

Senkrecht: 1. Brennmaterial aus dem Moor, 2. kurze Stichwaffe, 3. erwachsener Junge, 4. Schwimmvogel, 5. Teil des Körpers, 7. Teil des Kopfes, 9. Halsschmuck, 12. Zeitanzeiger, 13. Seenotsignal, 14. Teil des Fußes.

Was entdeckten die Kinder im Versteck?

Wer war der Brillantendieb?

Eines Nachts wurde Wachtmeister Hansen von der Witwe Rita Findeisen zur Hilfe gerufen.

»Ein Einbrecher ist eben in meiner Wohnung gewesen«, erklärte Frau Findeisen erregt, »meinen ganzen Brillantschmuck hat er mitgenommen!«

Auf der mit Rostschutzfarbe frisch gestrichenen Feuerwehrleiter stellte der Beamte Spuren fest. Eine halbe Stunde später, auf seinem Streifengang, fand Wachtmeister Hansen beschmierte Handschuhe am Straßenrand, unweit der Bar »Zur Laterne«.

Er ging in das Lokal und sah sich die Gäste an. Bereits nach kurzer Zeit wusste er, wer der Dieb war.

Was verriet den Dieb und wer war es?

ckerei
13

DRY GIN
Wer meckert, fliegt raus!

Der Schatz des Posträubers

Sie befinden sich im ehemaligen Kerker der Burg Felsenfest. Hier wurde der berüchtigte Postkutschenräuber Hajo Hansen gefangen gehalten. Nie hat er verraten, wo er damals seinen Schatz versteckt hat.« Während der Fremdenführer dies einer Reisegesellschaft erklärte, entdeckte der kleine Frederik ein seltsames Kreuzworträtsel auf der Mauer. Nach kurzer Zeit wusste er, wo der Schatz zu finden war.

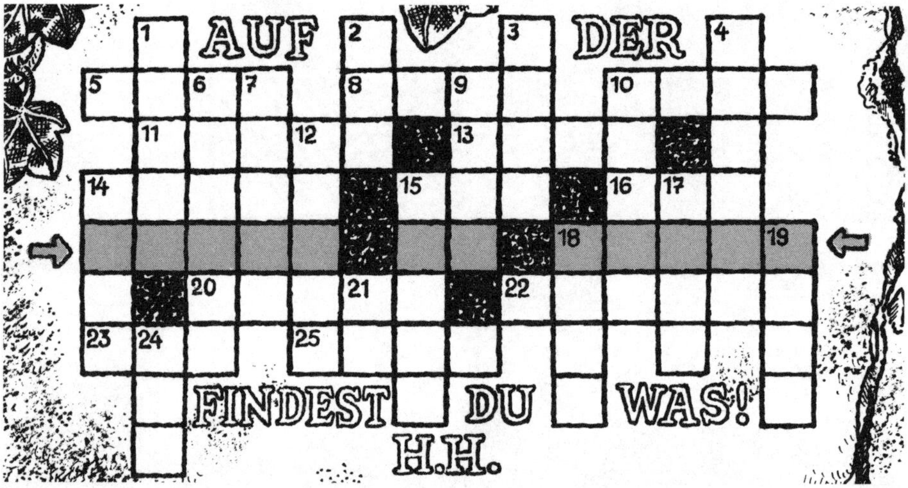

<u>Waagerecht:</u> 5. Gebiet mit Bäumen, 8. Nachtvogel, 10. Gartengitter, 11. Gesichtsausdruck, 13. Winkel im Zimmer, 14. Haustier, 15. Spielkartenzeichen, 16. halbwarm, 20. Kindeskind, 22. Gegenteil von Wärme, 23. Gebiet zwischen Bergen, 25. Hast.

<u>Senkrecht:</u> 1. offene Feuerstelle, 2. Gewässer, 3. Hinterteil eines Schiffes, 4. Monatsname, 6. Mädchenname, 7. Stichwaffe, 9. Klebstoff, 10. Gefängnisraum, 12. Blume, 14. Gewürz, 15. Tablette, 17. Schulsaal, 18. Tonne, 19. Strick, 21. Hühnerprodukt, 24. Spielkarte.

Wo war der Schatz des Postkutschenräubers?

Der verschwundene Zwerg

Den ganzen Sommer über hatte Olivers Gartenzwerg Puck vor der Tür gestanden. Jetzt war er plötzlich verschwunden. Oliver und seine Freunde waren ratlos. Hatte ihn vielleicht jemand gestohlen?

Nach eifriger Suche kamen er und seine Freunde schließlich dem Gartenzwerg auf die Spur.

Wo steckte Puck?

Auf Schatzsuche

Fünf geheimnisvolle Rätselgeschichten

Rätselhafte Geheimschrift

Es schien ein gänzlich leerer Zettel zu sein, den die Indianer dem Cowboy abgenommen hatten. Aber der Indianerhäuptling ahnte, dass auf dem Papier etwas mit Zitronensaft geschrieben stand. Er hielt das Blatt über eine brennende Kerze und siehe da, die Geheimschrift wurde sichtbar.

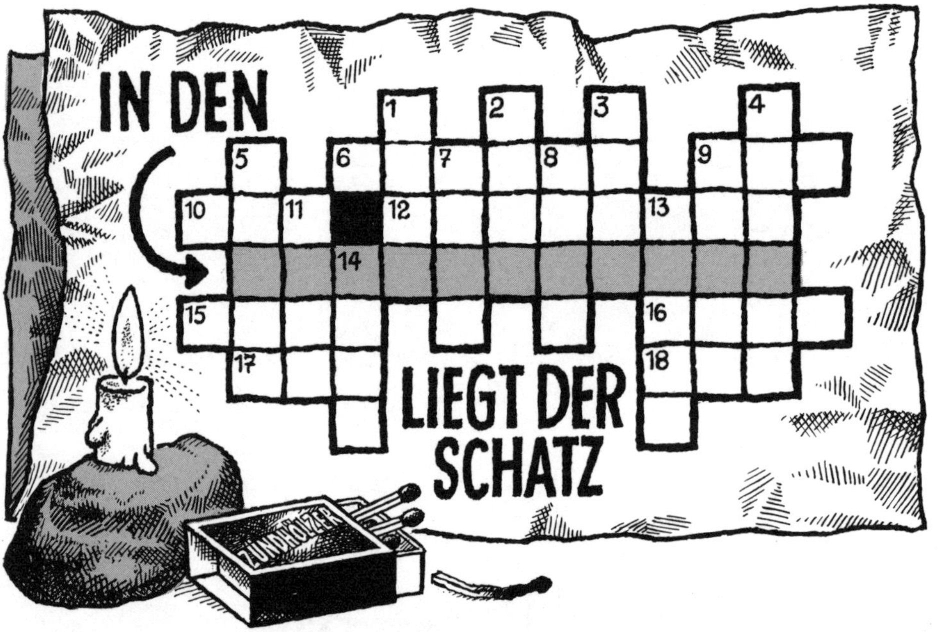

Waagerecht: 6. Fotoapparat, 9. Kopfbedeckung, 10. Anerkennung, Schmeichelei, 12. Beschlag am Pferdefuß, 15. Ozean, 16. Stacheltier, 17. Teil des Auges, 18. Gebiet zwischen den Bergen.

Senkrecht: 1. männliches Federvieh, 2. Backmittel, 3. gelbes Futterkorn, 4. unterirdischer Verkehrsweg, 5. Tischlerwerkzeug, 7. Teil des Gesichts, 8. Überbleibsel, 9. Mädchenname, 11. weiche Speise, 13. Teil eines Heftes, 14. Planet.

Welcher Schatz ist hier versteckt?

Vier Bäume im Schlosspark

Ein sagenhafter Schatz aus längst vergangener Zeit sollte im Park des Schlosses Schwanenbronn verborgen sein. Das verriet eine alte Skizze, die Till und Bettina in der Schlossbibliothek aufstöberten.

Zuerst mussten sie vier Bäume der gleichen Art aufsuchen und unten am Stamm gedanklich einen Punkt einzeichnen. Wenn man je zwei Punkte mit einer Linie so verband, dass sich diese kreuzten, war auf deren Schnittpunkt ein Schatz zu finden.

Till und Bettina liefen aufgeregt in den Park. Da gab es mehrere Baumarten. Es galt daher, die richtigen Bäume ausfindig zu machen.

Wo lag der Schatz?

HIER LIEGT EIN SCHATZ

Das goldene Erbstück

Krögers wollten ihr Dachzimmer neu herrichten und rissen die alte Tapete mit dem verblichenen Rosenmuster ab. Unter einem Tapetenfetzen kam ein Rätsel zum Vorschein. Die Kinder stellten fest, dass ihr Großvater es vor vielen Jahren auf die Wand geschrieben haben musste. Wer es löste, konnte ein Erbstück auf dem Dachboden finden.

Waagerecht: 1. Abkürzung für Doktor, 3. Bestandteil des Körpers, 6. zurückkommender Schall, 12. Inhalt einer Zigarette, 13. Jungenname, 14. Mädchenname, 15. Gewässer.

Senkrecht: 1. oberer Teil eines Hauses, 2. Stille, 3. Reihe von Büschen, 4. Knetmasse, 5. schwarzer Vogel, 7. Hörorgan, 8. Landschaft zwischen Bergen, 9. feine Erde am Strand, 10. Gewässerrand, 11. Wild aus dem Wald.

Wo ist der goldene Schatz versteckt?

Leim

Der Brief der Prinzessin Ilsebill

Auf Burg Eulenstein wohnte nur noch der Kastellan, Herr von Biedermeyer. Als er eines Tages in der Ahnengalerie die Bilder abstauben wollte, fiel das Gemälde der schönen Prinzessin Ilsebill herunter. Der Rahmen brach entzwei und ein von Kinderhand geschriebener Brief kam zum Vorschein. Herr von Biedermeyer konnte nur mit Mühe das vergilbte Pergament entziffern:

Burg Eulenstein am 7. August 1727
Ich, Prinzessin Ilsebill, habe keine Lust mehr, Prinzessin zu sein, weil mein Vater, der König, mir verboten hat, mit den Kindern der Umgebung zu spielen. Deshalb habe ich einfach meine Krone versteckt. Unten am Burggraben steht das Tannenbäumchen, das an meinem Geburtstag vor acht Jahren gepflanzt worden ist. Genau an der Spitze des Tannenschattens habe ich heute, am 7. August, Punkt zehn Uhr, mein Krönchen verborgen.
Prinzessin Ilsebill

Am 7. August genau um zehn Uhr begann der Kastellan an der angegebenen Stelle zu graben. Aber die Krone fand er nicht.

Woran hatte Herr von Biedermeyer nicht gedacht, und wo war das Krönchen?

Der rätselhafte Kieselstein

Lindemanns hatten sich für die Ferien in der alten Mühle am Murmelbach einquartiert. Als die Kinder am Bach spielten, entdeckten sie einen großen, flachen Kieselstein, auf den jemand mit Bleistift ein Rätsel aufgezeichnet hatte. Die Kinder ahnten natürlich, dass das ihr Vater gewesen war, und machten sich sogleich daran, das Rätsel zu lösen.

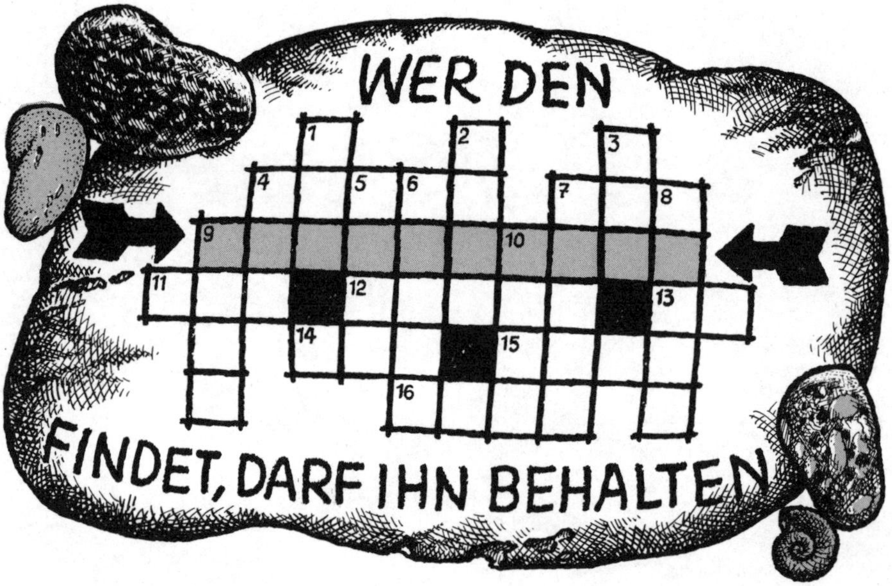

Waagerecht: 4. großer Mensch, 7. Zeitabschnitt von 24 Stunden, 11. Waschraum, 12. Metall, 13. was das Huhn legt, 14. Zahl, 15. Schreibzeug-Täschchen, 16. Wasservogel.

Senkrecht: 1. Gefrorenes, 2. Teil eines Gedichts, 3. schlangenartiger Fisch, 4. Teil eines Fahrzeuges, 5. Tier aus den »Bremer Stadtmusikanten«, 6. Waschmittel, 7. Verwandte, 8. Eisenbahnschiene, 9. Gebiet mit vielen Bäumen, 10. Gartenanlage.

Wo war der gesuchte Gegenstand versteckt?

Rätselspaß für Spürnasen

77 Denk-, Such- und Wimmelrätsel
von A–Z

Aaah…, was versteckt sich hier?

In diesem Buch findest du 77 Rätselbilder, Denkaufgaben und Suchbilder. Da heißt es genau hinzuschauen. Wie auch hier bei Anna, Pit und ihrem Hund Balduin. Sie stehen am Aussichtspunkt der Burg Rosenfels und genießen die prächtige Fernsicht. Pit staunt nicht schlecht, als er die Maus entdeckt, die am anderen Ende des Fernrohrs sitzt. Aber auf diesem Bild hat sich noch ein weiteres Tier versteckt. Suche es und trage seinen Namen in die unten stehenden Kästchen ein.

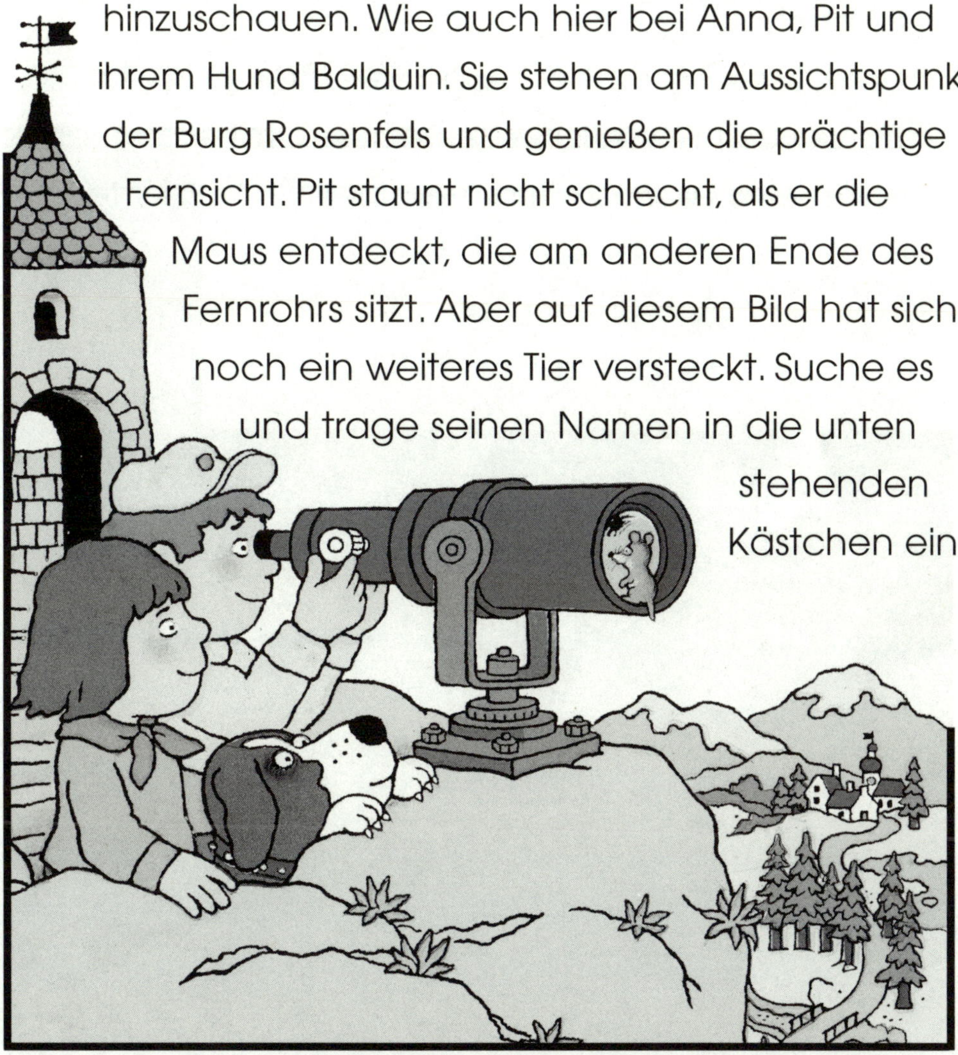

Wird wohl der ELEFANT entdeckt, der sich auf diesem Bild versteckt?

Abend auf dem Bauernhof

Kurz vor Sonnenuntergang kehrt Bauer Jensen mit seinen Kindern von einem fröhlichen Ausflug nach Hause zurück.

Auf seinem Bauernhof leben viele Tiere, die sich allmählich zur Nachtruhe begeben. Ordne die Tiere den von eins bis zehn nummerierten Schlafstätten zu.

Wo schläft welches Tier?

1
2
3
4
5
6
7
8
9
10
Hafe

Ausflug ins Grüne

Onkel Samuel und Tante Jette kommen mit ihren Kindern zum Haus an der alten Mühle, um einige Tage bei ihren Verwandten zu verbringen. Auf diesem Bild haben sich zwölf Dinge versteckt. Suche sie und trage ihre Namen von eins bis zwölf in die unten stehenden Kästchen ein. Von oben nach unten gelesen ergeben die Anfangsbuchstaben etwas, was eine Jahreszeit ankündigt.

1	O	S	T	E	R	H	A	S	E		
2	S	C	A	A	F						
3	T	A	S	S	E						
4	G	A	N	S							
5	R	E	G	E	N	S	C	H	I	R	M
6	E	N	T	E							
7	l	u	f	t	b	a	l	l	o	ng	
8	O	S	T	E	R	E	I				
9	C	I	O	W	N						
10	K	A	T	Z	E						
11	E	I	M	E	R						
12	N	E	S	T							

Wie heißt das Lösungswort?

zur Kapelle
5
11
7
M 3716

Aussichtsreiche Kirschernte

Max und Florian spielen mit ihrem Flugzeug. Dabei landet es versehentlich in Nachbars Kirschbaum. Die Kinder lassen gerade die saftigen Herzkirschen an der Schnur des Flugzeugs hinabgleiten, als plötzlich der Nachbar mit seinem Spitz Bello erscheint.

Wenn du dir das Bild genau anschaust, wirst du feststellen, dass die Zeichnung nicht ganz vollständig ist. Drei Dinge in den unten abgebildeten Kästchen fehlen in dem oberen Bild. Die drei Silben in den betreffenden Kästchen der gesuchten Dinge ergeben, in richtiger Reihenfolge gelesen, den Namen eines Kirschendiebes.

Wer wird gesucht?

»So ein Pech, Herr Pingel, dass unser Flugzeug ausgerechnet in Ihrem Kirschbaum gelandet ist!«

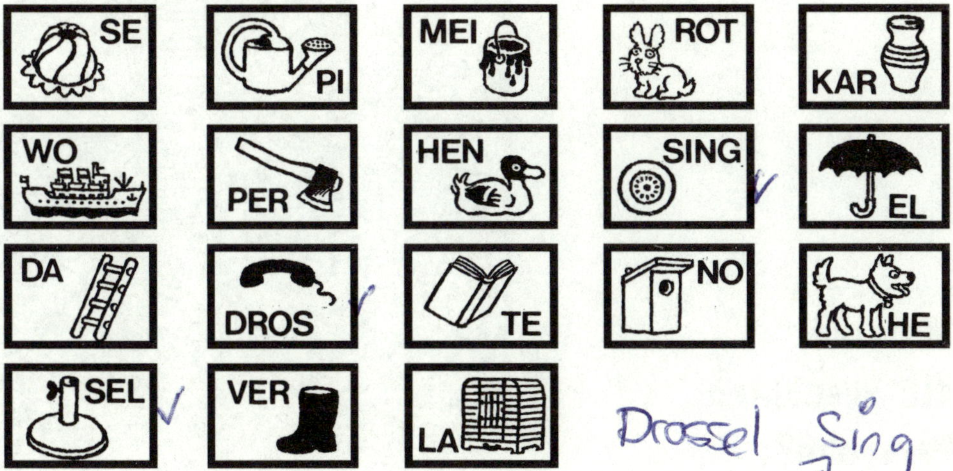

Drossel Sing

Bestellt und nicht abgeholt

Kannst du mir helfen?«, fragt der Strandfotograf Petersen seinen Freund, den Bademeister. »Ich habe heute Morgen diese drei Fotos geknipst, und bis jetzt wurden sie nicht abgeholt!«

Die beiden halten Ausschau nach den Personen auf den Fotos.

Wo sind die gesuchten Personen?

Wo ist Familie Hansen?

Wo ist der kleine Kapitän?

Der alte Seebär ging an Land.

Besuch im Tierheim

Wolf und Kathrin sind traurig, denn ihr Hund Flocki ist weggelaufen. Deshalb gehen sie zum Tierheim in die Stadt und zeigen dem Tierpfleger Paulsen ein Foto von dem Ausreißer.

»Tja, diesen Hund haben wir hier!«, erinnert sich der Mann nach längerem Überlegen. »Aber schaut doch selber einmal nach, wo er gerade steckt!«

Wo ist Flocki?

TIERHEIM

Christian gesucht!

»Habt ihr den Christian gesehen?«, fragt Frau Schmidt die Kinder an der Rodelbahn.

»Anstatt zuerst seine Schularbeiten zu machen, ist er einfach mit dem Schlitten losgezogen!«

Die Kinder wissen, wo ihr Freund steckt. Aber sie wollen ihn natürlich nicht verraten.

Wo hat sich Christian versteckt?

Clara ist entflogen!

Daniela und Christian trauen ihren Augen und Ohren nicht, als plötzlich ein Papagei am Fenster sitzt und aus voller Kehle krächzt.

»Wem mag der Papagei gehören?«, fragt Daniela.

»Lass uns doch mal die Silben in die richtige Reihenfolge bringen, vielleicht ergeben sie Name und Adresse seines Besitzers!«, schlägt Christian vor.

Wem ist der Papagei entflogen?

NA SIE ER
SEN AN
GAS WIE
BEN MEI
SE

HUGO NAGE
5
3
MODEN
1
Meine Preise sind nicht zu übertreffen
Plüschke
13
Hintergasse
Erna Bense Ärztin
Lotti is doof
BAR
Moser
9
Anna Meier
7
BLUMEN
Parkweg
Wiesengasse
Katzensteg
25
Erwin Mief
TABAK
Inh. Wanda Piefke
23
GASTHAUS ZUR WILDEN
Wahrsagerin Dora Klein hier im Hause
Wiesen
Waldallee
DROGERIE
37
OLGA MEIER
Paul Sahnig
35
Frische Fisch
von Gusta
Erna Nase

Das Dauergespräch

Der kleine Klaus telefoniert mittlerweile schon eine halbe Stunde mit seinem Freund Kalle, während Frau Lindemann mit ihrem Hund Willi geduldig vor der Telefonzelle wartet. Doch auf diesem Bild stimmt etwas nicht.

Welchen Fehler entdeckst du hier?

Dieb im Schrebergarten

Ob dieser Mann wohl etwas mit dem Einbruch ins Gartenhäuschen von Frau Moosbacher zu tun hat?«, fragt Dominik seine Schwester.

Dorle und Dominik beobachten schon seit Tagen von ihrem Apfelbaum aus eine verdächtige Person, die sich hier in den Schrebergärten herumtreibt. An vier Stellen hat der Mann heimlich seltsame Sternchen eingeritzt. Schnell sind Dorle und Dominik davon überzeugt, dass diese Zeichen mit dem Einbruch zu tun haben müssen. Nach einigem Nachdenken findet Dominik heraus, wo der Dieb die gestohlene Beute von Frau Moosbacher versteckt hat.

Verbinde jeweils zwei Sternchen mit einer Linie. Auf dem Schnittpunkt beider Linien findest du das Versteck des Diebes.

Was hatte der Dieb gestohlen?

Klein aber mein
erampferweg

Drama im Schlossgarten

Im alten, verwilderten Schlossgarten treffen sich die Freunde von Kirchdorf, um Ostereier zu suchen. Doch mit einem Mal herrscht große Aufregung unter den Kindern, denn ein Körbchen mit Leckereien ist verschwunden. Gerade noch hatte es Daniela auf einem Stein abgestellt. Und nun ist es weg!

Wer hat das Körbchen weggetragen?

Drei Kartenspieler

Karl Holthusen und seine zwei Freunde treffen sich jeden Donnerstagabend in ihrer Stammkneipe »Zur grünen Linde«, um Karten zu spielen. Wenn du genau hinschaust, wirst du entdecken, dass etwas auf diesem Bild unsinnig ist, oder aber einer der Kartenspieler entpuppt sich als Anfänger.

Was stimmt hier nicht?

Eine fröhliche Landpartie

Familie Haberkorn macht einen Sonntagsausflug zur alten Windmühle im kleinen, idyllischen Örtchen Wiesenbach.

Aber halt, da stimmt doch etwas nicht! Ein grober technischer Fehler hat sich auf dem Bild eingeschlichen.

Welchen Fehler findest du hier?

ZT 361

Ei-Wörter gesucht

Erik und Eva-Marie verbringen ihre Ferien auf dem Bauernhof. Bauer Olsen hat den Kindern aufgegeben, lauter Begriffe zu suchen, die das Wort ›ei‹ in ihrem Namen tragen. Suche mit und zähle sie auf!

Welche Wörter entdeckst du hier?

18
32
Allgemeine

Faschingstrubel

Ausgelassen feiern die Kinder eine lustige Faschingsparty. Dabei gehen aber insgesamt dreizehn Gegenstände verloren.

Wo entdeckst du die oben abgebildeten Gegenstände?

SAFT LADEN
KRAFT FUTTER

Ferien auf dem Lande

Onkel Paul will auf dem Bauernhof seines Neffen einige Ferientage verbringen. Noch ahnt er nicht, dass hier manches nicht mit rechten Dingen zugeht. Zehn Einzelheiten auf dieser Zeichnung sind falsch dargestellt.

Findest du die zehn Fehler?

1864
B-AT 321

Frühlingsboten

Hurra, der Frühling ist da!«, ruft die Klasse von Herrn Lottermoser. Im Wald angekommen, werden die Kinder allerdings mucksmäuschenstill. Überall raschelt und flattert es. Die warme Sonne hat die Tiere hervorgelockt. Die Kinder entdecken zehn Tiere, die während der Winterzeit nicht im Wald zu sehen sind, weil sie entweder Winterschlaf halten oder aber in wärmere Gegenden fliegen.

Welche zehn Tiere kündigen den Frühling an?

KUCKUCK!

Geburtstagsfeier bei Gabriele

Gabriele feiert mit Sebastian, Pit und Annika Geburtstag. Die beiden Fotos rechts sind im Abstand von zwei Stunden aufgenommen worden. Betrachte sie genau und du weißt sofort, welche Aufnahme zuerst entstanden ist.

Welches Foto entstand zuerst?

Geheimnis eines alten Hauses

In einem alten Buch aus Onkel Benjamins Bibliothek entdeckt Frederik einen rätselhaften Hinweis auf einen Ort, der in früheren Zeiten in diesem Haus als Versteck gedient haben soll.

Eine Weile überlegt Frederik und kommt dann auf des Rätsels Lösung: Die Anfangsbuchstaben der rechts unten abgebildeten Dinge verraten, wo in dem alten Haus ein Schatz versteckt sein könnte.

Was entdeckt Frederik?

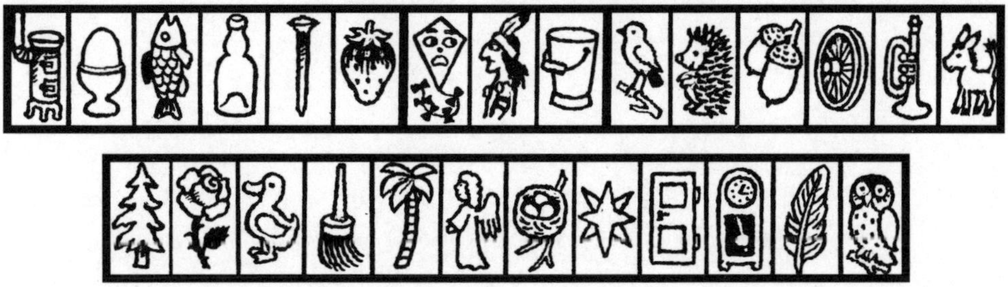

Gemeinsamer Weg

Bauer Jansen vom Lindenhof und Josef Brendel vom Tannenhof wohnen schon ihr Leben lang in enger Nachbarschaft. Täglich bringen die beiden Freunde ihre frische Milch mit dem Pferdewagen zur Molkerei in die Stadt. Dort wo die beiden Wege ineinander übergehen, treffen sie sich allmorgendlich und setzen gemeinsam ihre Fahrt fort.

Welches Fuhrwerk kommt von welchem Hof?

Linden-
Hof
Tannen-
Hof

Gruß von der Almhütte

Familie Timmermann verbringt ihre Ferien auf einer Almhütte in den Bergen bei Gamsbach. Als die Familie eines Tages müde von einer langen Wanderung zurückkehrt, entdeckt sie plötzlich ein Tier.

Suche das Tier und trage die Buchstaben in die unten stehenden Kästchen ein.

Welches Tier entdeckst du hier?

S	C	H	W	E	I	N

Haargenau!

Ole und Lasse machen einen Wochenendausflug ins Grüne und zelten am nahe gelegenen Badesee. Lilli Bernstein wiederum bekommt Besuch von ihrem Enkel Florian und seinen Freunden.

Schau dir die beiden Bilder rechts genau an. Du wirst feststellen, dass auf beiden Abbildungen sieben Kleinigkeiten völlig übereinstimmen. Finde heraus, welche Einzelheiten das sind.

Welche sieben Kleinigkeiten erkennst du wieder?

»Komm schlafen, Ole, und lass die Glühwürmchen wieder fliegen!«

»Könnt ihr mir helfen? Ich kriege das Marmeladenglas nicht auf!«

Hafenmole von Klönstedt

Am Strand von Klönstedt betrachtet der Matrose Paule nachdenklich die beiden Ruderboote, die übereinander gestapelt am Strand liegen. Bevor er eines davon für eine Ruderpartie zu Wasser lässt, überlegt er, welches Boot wohl das Größere ist.

Welches Boot ist länger?

Der Maat Hannes steht mit seinen beiden Kindern an der Hafenmole von Klönstedt und schaut den einlaufenden Fischkuttern zu.

Doch von Fischen ist weit und breit nichts zu sehen. Stattdessen hat sich auf diesem Bild ein anderes Tier versteckt. Trage dessen Namen in die unten stehenden Kästchen ein.

Welches Tier entdeckst du? | P | F | E | R | D |

Haus Nr. 13 im Holunderweg

Jeden Morgen, bevor Oliver zur Schule geht, schaut er seiner Katze Polly nach, die immer Punkt sieben Uhr die Treppe des Hauses Nummer 13 hinunterläuft.

Wie viele Stufen hat die Treppe?

Holzfäller im Wald

Heimlich schleicht sich Heinz Bollermann in den Wald. Auf der Suche nach Brennholz für seinen Kamin will er einige Bäume fällen. Er plagt sich schwer. Was meinst du, hat er wohl Erfolg?

Wie viele Bäume werden hier gefällt?

Im Konzertsaal

Der berühmte Pianist Hugo Langnase gibt heute im ausverkauften Stadttheater ein Konzert. Doch etwas stimmt auf diesem Bild nicht.

Welchen Fehler entdeckst du?

Indienreise, tatsächlich?

Filmamateur Kuntze berichtet seinem Freund von seiner angeblichen Urlaubsreise nach Indien. Er zeigt ihm den sensationellen Schnappschuss von seinem Ritt auf einem Elefanten. Der Freund schaut sich das Foto genau an und stellt fest: Hier stimmt doch etwas nicht!

Was stimmt hier nicht?

Jubel, Trubel, Heiterkeit

Auf dem Karnevalsbild treiben sich zehn Narren herum, die alle mit Nummern versehen sind. Trage die Namen ihrer Kostümierungen in die unten stehenden Kästchen ein. Die Anfangsbuchstaben eines jeden Wortes ergeben, von oben nach unten gelesen, etwas, was der Karnevalsprinz Eugen unter die Narren verteilt.

1	K	O	C	H						
2	A	F	F	E						
3	R	I	T	T	E	R				
4	A	S	T	R	O	N	A	U	T	
5	M	A	T	R	O	S	E			
6	E	U	L	E						
7	L	E	U	C	H	T	T	U	R	M
8	L	Ö	W	E						
9	E	S	E	L						
10	N	I	X	E						

Was verteilt der Karnevalsprinz?

ABC
Beseitigt den Schulzwang
Heute TANZ in allen Räumen
Wei

Kaffeestunde bei Lisa

Jedes Mal wenn die Schwestern Betty und Lisa Paulsen bei Kaffee und Kuchen zusammensitzen, holen sie das alte Silberbesteck hervor. Die Kaffeelöffel sind vom täglichen Gebrauch etwas abgenutzt. Schau genau hin und du weißt, welche der beiden Damen Betty ist.

Wer von ihnen ist Betty?

Kalle feiert Karneval

Heute steigt bei Kalle eine Faschingsparty, zu der er alle Freunde eingeladen hat. Die Stimmung ist ausgelassen. Dabei wird fast übersehen, dass sich auf dem Bild zwölf Fehler eingeschlichen haben. Findest du sie?

Was stimmt hier nicht?

Heute großer
KINDER-
FASCHING
JUBEL TRUBEL HEITERKEIT

Kinderfest in der Schule

Am letzten Tag vor den Ferien findet in der Schule ein fröhliches Narrentreiben statt. Schau dir das Bild genau an und du wirst zehn nummerierte Kleinigkeiten entdecken. Trage die gesuchten Begriffe in die unten stehenden Kästchen ein. Von oben nach unten gelesen ergeben die Anfangsbuchstaben etwas, das auf keinem Kinderfest fehlen darf.

1	L	A	T	E	R	N	E		
2	U	H	R						
3	F		A	S	C	H	E		
4	T	R	O	M	P	E	T	E	
5	B	R	E	Z	E	L			
6	A	N	K	E	R				
7	L	Ö	W	E					
8	B	R	I	E	F	K	A	S	
9	O	F	E	N					
10	N	A	S	E					

Was wird gesucht?

FEST
DER KLASSE 3a
schule

Land in Sicht!

Nach vielen Wochen auf hoher See sichten Kapitän Silberberg und seine Mannschaft endlich wieder Land. Erwartungsvoll schaut der Kapitän durch das Fernrohr.

Schau auch du genau: Auf dieser Abbildung hat sich ein Fehler eingeschlichen.

Welcher Fehler ist es?

Lange Nacht auf See

Kapitän Jacobsen segelt mit geheimer Ladung auf offener See. Um bei hohem Wellengang seine Fracht sicher durch die Meerenge zu manövrieren, studiert er aufmerksam die Seekarte. In seiner Kajüte befindet sich jedoch etwas, das es dort auf keinen Fall geben kann.

Was ist es?

Leuchtreklame in der Stadt

Der Handwerker steht vor einem Buchstabensalat. Erfolgreich hat er die Leuchtreklame repariert. Nun muss sie wieder an richtiger Stelle über den einzelnen Geschäften in der Stadt angebracht werden. Welche Buchstaben und Silben gehören zu welchen Geschäften?

Um welche neun Geschäfte handelt es sich?

SANDHAUS
ROSSHANDEL
AFFEN
OO
AFFE
Möbel-
Tran
THEKE
eiseanden
eiseei

APO
Sps
W R ken
sport Z

Lichter am Abend

Es ist bereits dunkel und nur schemenhaft ist zu erkennen, was hier passiert. Nur die kleinen Lichter leuchten. Überlege, welche der rechts abgebildeten Dinge von A bis K auch auf den zehn Bildern zu sehen sind. Bei richtiger Zuordnung ergibt sich ein Lösungswort.

Was leuchtet wo?

Bauarbeiten
1
2
3
4
5
6
7
8
9
10
N
E
T
A
G
K
E
U
Z
A

Manuel, der Messerwerfer

Das Zirkuszelt ist bis auf den letzten Platz besetzt. Jetzt hat Manuel, der Messerwerfer, seinen Auftritt. Der Scheinwerfer ist auf die Manege gerichtet.

Trommelwirbel! Fanfare! Die Spannung steigt! Die Zuschauer halten den Atem an!

Was stimmt nicht auf dem Bild?

Max, der Papagei

Verblüfft betrachtet Olivia ihren Papagei Max, der in seinem Käfig sitzt und immer wieder dieselben Wörter krächzt. Nachdenklich hört Olivia ihrem Papagei zu und überlegt, ob es wohl stimmen kann, was er von sich gibt.

Kann Olivia ihrem Papagei glauben?

Nächtliches Erwachen

Idyllisch liegt das Gehöft in der Abenddämmerung. Die Sonne ist längst untergegangen und die Nachttiere werden wach. So auch diese Eule, die auf Beute lauert. Aber etwas stimmt hier nicht.

Was ist hier falsch dargestellt?

Nina auf Reisen

Nina ist mit der Bahn unterwegs, um ihre Großmutter zu besuchen. Das Mädchen sitzt in Fahrtrichtung im Abteil. Es ist gerade 18.00 Uhr, als der Zug in den Bahnhof Talheim einfährt.

In welche Himmelsrichtung fährt der Zug?

Osterfreuden

Wie immer zur Osterzeit ist der fleißige Hase mit seinen Ostereiern unterwegs. Heimlich wird er dabei von einem anderen Tier beobachtet. Trage seinen Namen unten in die Kästchen ein.

Welches Tier entdeckst du?

Und welches Tier siehst du hier?

Ostern auf der Hühnerfarm

Rechtzeitig vor dem Fest werden die Ostereier weitergereicht, damit sie bunt bemalt werden können. Außer den Hühnern und Osterhasen findest du bei genauem Hinsehen noch ein anderes Tier auf dem Bild.

Welches Tier entdeckst du?

Pferde auf der Koppel

Fabian, Hanni, Uli und Nike verbringen ihre großen Ferien wie jedes Jahr auf dem Bauernhof der Großeltern. Die Kinder stehen am Zaun der Pferdekoppel und beobachten die Stuten mit ihren kleinen Fohlen. Bei genauerem Hinsehen fällt auf, dass etwas auf diesem Bild nicht stimmt.

Was stimmt hier nicht?

Picknick im Grünen

Familie Krollmann ist mit ihren Kindern Philipp und Annika zum Picknick ins Grüne geradelt. Am Ufer des kleinen Waldbachs haben sie eine kurze Rast eingelegt. Vom Hochstand aus beobachten die beiden Kinder heimlich ihren Vater, der gerade die Ostereier versteckt.

Drei der rechts unten dargestellten Kleinigkeiten fehlen in dem großen Bild. Überlege, vergleiche und ordne die betreffenden Silben. In richtiger Reihenfolge verraten sie dir etwas, was ebenfalls auf dem Bild zu finden ist.

Was wird gesucht?

»Der Osterhase darf natürlich nicht wittern, dass wir ihn belauern!«

Pilzsuche mit Pit und Polly

Pit und Polly sammeln Pilze auf der Wiese. Sie kennen sich aus und können die essbaren von den giftigen Pilzen unterscheiden. Verfolge den Weg der beiden durch die Felder bis zu ihrem Haus, ohne dabei über Zäune zu springen. Die Buchstaben auf den Pilzen, in der Reihenfolge, wie du sie findest, verraten dir die Namen der beiden Pilzsorten.

Wie heißen die essbaren, die Pit und Polly eifrig sammeln, und wie heißen die giftigen, die sie stehen lassen?

Wie heißen die beiden Pilzsorten?

P
O
I
L
N
Z
T
T
I
R
G
N
P
E
Ä
L
E
C
H
B
M
L
A
N
L
N
K
O
F
D
E
L

Quadrate gesucht

Während der Leuchtturmwärter Sörensen wie immer seinen Dienst tut, hat sein Sohn Kalle heute seine Spielzeugeisenbahn um den Leuchtturm herum aufgebaut.

Auf dieser Zeichnung sind fünf Kästchenpaare zu suchen, die in ihren Linien völlig übereinstimmen. Der Vergleich ist gar nicht leicht, denn manche Quadrate müssen von der Seite oder gar kopfüber gesehen werden. Wer es ganz genau machen will, kann durchscheinendes Papier und einen Bleistift zu Hilfe nehmen.

Kästchen Nr. ☐ und ☐

Kästchen Nr. ☐ und ☐

Kästchen Nr. ☐ und ☐

Kästchen Nr. ☐ und ☐

Kästchen Nr. ☐ und ☐

Welche fünf Kästchenpaare stimmen überein?

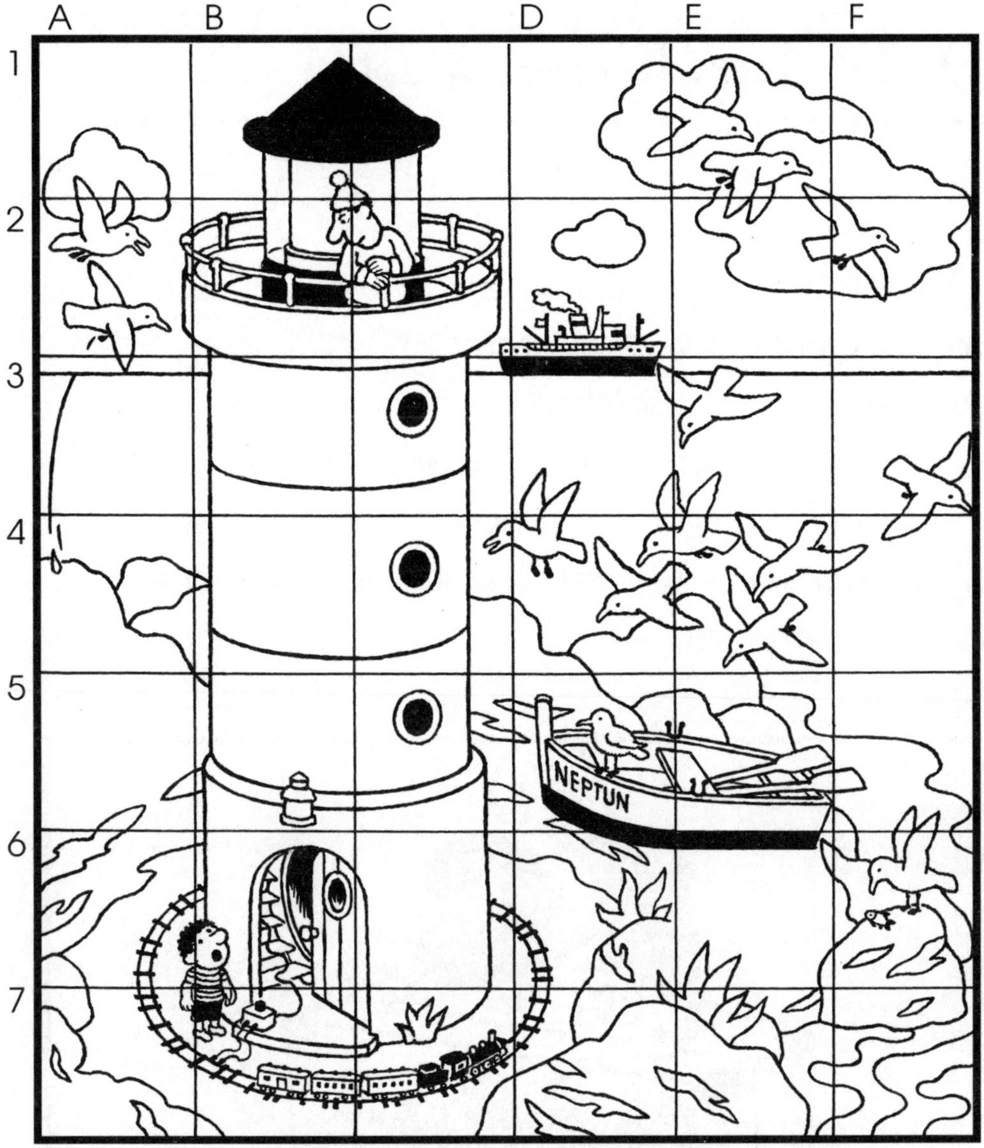

»Du kannst jetzt den Strom anschalten, Papa!«

Quer durch die Welt

Konstantin ist ganz aus dem Häuschen, als er seinen Onkel vom Flughafen abholt und die vielen Aufkleber auf seinem Koffer entdeckt.

»An den Kofferaufklebern kann ich genau deine Reise vom Abflughafen rund um die Welt bis hierher zurückverfolgen!«, meint Konstantin und lacht verschmitzt.

Wo ist der Onkel abgeflogen und wo gelandet?

Querkopf Lilly geht zu weit

Die kleine Lilly erlaubt sich hier einen üblen Scherz. Sie zieht an einem Teppich und bringt dabei den wenig beliebten Onkel Nestor zu Fall. Doch etwas stimmt hier nicht.

Was ist auf diesem Bild falsch dargestellt?

Rasselbande aufgepasst!

Heute muss die Klasse ein Diktat schreiben, und die Schüler arbeiten konzentriert.

Betrachte das Bild ganz genau. Fällt dir etwas auf?

Was stimmt hier nicht?

Lehrer Hempel, genannt »Mister«, entdeckt beim Betreten des Klassenzimmers an der Tafel sein Konterfei und daneben den Abdruck einer Hand. Vermutlich hat sich der Täter beim Zeichnen mit einer Hand an der Tafel abgestützt.

Welcher Schüler hat sich diesen Scherz erlaubt?

Räuber im Revier

Der kleine Frederik hütet zusammen mit seinem treuen Hund Rollo die Gänse seines Vaters. Er ist so in sein Buch vertieft, dass er den Räuber nicht bemerkt, der es auf die Gänseherde abgesehen hat.

Wo hat sich der Räuber versteckt?

Reisen mit kleinen Fehlern

Auf dem Bahnsteig in Hamburg Hauptbahnhof warten bereits einige Fahrgäste auf den Zug in Richtung Nürnberg. Der Zug in Richtung Westerland steht schon abfahrbereit auf dem Nachbargleis. Aber etwas auf diesem Bild stimmt nicht.

Welcher Fehler hat sich hier versteckt?

Gleich bin ich da, denkt sich Frau Elstermann, die in Rosenheim zugestiegen ist und mit ihren jungen Dalmatinerwelpen zu ihrer Kusine aufs Land fährt. Im gleichen Zugabteil sitzt auch ein Herr, der aufmerksam die Tageszeitung studiert, bevor der Zug den Tunnel erreicht. Doch etwas stimmt nicht auf dieser Zeichnung.

Was stimmt hier nicht?

Ritter Roderich kehrt heim

Im tiefsten Mittelalter kehrt Ritter Roderich von einem Kreuzzug heim. Schon hat er den Fuß des Berges erreicht, auf dem seine Burg Falkenberg thront. Nur noch kurze Zeit, und man wird ihm einen freudigen Empfang bereiten – so hofft er.

Auf dem Bild hat sich leider ein kleiner Fehler eingeschlichen. Wenn du genau hinschaust, entdeckst du etwas, das es zur damaligen Zeit noch nicht gegeben hat.

Was ist es?

FALKENBURG
2 Km

Schatzsuche auf dem Bauernhof

Tilly und seine Freunde verbringen ihre Sommerferien auf dem Bauernhof der Familie Schmedt. Am letzten Tag gehen sie auf die Suche nach alten Hufeisen, als Glücksbringer und Andenken an ihre Ferien auf dem Lande.

Suche sechs Hufeisen. Teile dazu das Bild durch waagerechte und senkrechte Linien in Felder ein. Die Buchstaben der sechs Felder, in denen du die Hufeisen findest, ergeben, in richtiger Reihenfolge gelesen, den Namen eines ziemlich dreisten Schatzsuchers, der sich auch auf dem Gelände des Bauernhofs aufhält.

Wie heißt der Schatzsucher und wo findest du ihn?

1
2
3
4
5
6
L
E
S
R
T
E
1842

Schiffsausflug

Das voll besetzte Ausflugsschiff kämpft sich stromaufwärts die Flussschleife entlang. Die Fahrgäste bestaunen die idyllische Landschaft an beiden Seiten des Ufers. Dabei fällt ihnen nicht auf, dass sich irgendwo ein Tier versteckt hat.

Findest du es? Dann trage den Namen des Tieres in die unten stehenden Kästchen ein.

Wie heißt das Tier?

HOTEL

Sommerspaziergang

Jule und ihre Freunde machen einen Ausflug ins Grüne. Dabei entdecken sie lauter Sachen, die nicht in die Landschaft gehören und die, noch schlimmer, die Umwelt zerstören. Findest du sie?

Teile das Bild durch waagerechte und senkrechte Linien in Felder ein. Die Buchstaben der Felder, in denen du Umweltfrevel entdeckst, ergeben, in der Reihenfolge von eins bis fünf gelesen, etwas, das es zu erhalten gilt.

Wie heißt das Lösungswort?

G
N
R
T
E
U
A
1
2
3
4
5

Stadtbummel am Nachmittag

Vater und Sohn staunen nicht schlecht: Im Antikladen von Eugen Pirol entdecken sie allerlei Dinge aus Großmutters Zeiten. Doch etwas ist hier falsch dargestellt.

Was stimmt hier nicht?

Suche nach einem Wachhund

Herr Sörensen verkauft in seinem Geschäft kostbares Porzellan. Im nahe gelegenen Tierheim möchte er sich einen Wachhund aussuchen. Drei Hunde hat er zur Auswahl, für einen wird er sich entscheiden.

Welchen Hund wird Herr Sörensen nehmen?

Tagesausflug an die Küste

Der heutige Ausflug führt die Schulklasse zu einem Ort an der Küste, wo der Fluss ins Meer mündet. Die Lehrerin will von den Schülern wissen, ob gerade Ebbe oder Flut ist.

Woran ist das zu erkennen?

Talsperre in den Bergen

Diese Talsperre scheint auf den ersten Blick gut konstruiert zu sein. Doch in Wirklichkeit wäre sie nicht funktionstüchtig. Siehst du, was auf diesem Bild falsch dargestellt ist?

Welchen Fehler entdeckst du hier?

Tim, Tilo und der Traktor

Tim erzählt seinem Freund Tilo, dass der Acker, der vor ihren Augen gepflügt wird, bis vor kurzem noch eine Wiese war, auf der Kühe oder Pferde weideten. Bei genauem Hinschauen bemerkt Tilo:

»Du hast Recht! Das liegt klar auf der Hand!«

Woran erkennt Tilo es?

Tollkühnes Fußballspiel

Patrick spielt mit seinen Freunden im Garten Fußball. Plötzlich rollt der Ball auf die Straße, ein näher kommendes Fahrzeug kann noch rechtzeitig abbremsen.

Betrachtest du das Bild genauer, dann weißt du, was hier nicht stimmt.

Welchen Fehler siehst du hier?

Treffen in der Turmallee

Conny und ihre Freundin Polly treffen sich zufällig in der Turmallee. Die eine fährt ihre kleine Schwester im Kinderwagen spazieren, die andere kommt mit ihrem Hund vom Einkaufen zurück. Sie bleiben kurz stehen und begrüßen sich.

Welcher Fehler ist auf diesem Bild versteckt?

Auch Konstantin fährt gerade die Turmallee entlang. Er ist auf dem Heimweg von der Schule und beachtet die Verkehrsregeln sehr genau.

Wenn du das Bild aufmerksam betrachtest, wird dir etwas auffallen, das verkehrt dargestellt ist.

Welchen Fehler entdeckst du?

Unrat in Wald und Flur

Lehrer Kroll hat sich heute mit seinen Schülern entschlossen, das Flussufer zu säubern. Umsichtig tragen die Kinder den Müll zusammen, den der Lehrer dann auf dem Lastwagen verstaut.

Die verschiedenen Müllhaufen sind je mit einem Buchstaben markiert. Bringe diese Buchstaben in eine andere Reihenfolge, sodass ein neues Wort entsteht. Dann weißt du auch, was durch die Aktion der Schüler positiv gefördert wird.

Wie heißt das neue Wort?

N
U
R
A
T

Verräterische Tonscherbe

Diese Tonscherbe stellt eine Szene aus der römischen Antike dar. Professor Philibert Eulenstein schaut sich die Scherbe genau an und entdeckt in der Bemalung einen Fehler. Damit steht für ihn fest, dass die Tonscherbe nicht echt ist, zumindest aber nicht aus der Antike stammen kann.

Warum ist sich Professor Eulenstein so sicher?

Verstrickte Angelegenheit

Veit und Veronika vom Birkenhof haben von ihrem Vater jeder ein Pferd geschenkt bekommen. Er hat jedem Kind ein Seil in die Hand gegeben, an dem ein Pferd angebunden ist. Veit und Veronika überlegen, wer wohl welches Pferd erhält.

Kannst du den Knoten lösen?

Vertrackte Wendeltreppe

Fremde Ritter sind in die Lilienburg eingedrungen und haben bereits die Wendeltreppe erreicht. Der Überfall erweist sich allerdings als schwierig. Die Wendeltreppe in dieser Burg führt, wie in den meisten Burgen und Schlössern, im Uhrzeigersinn von unten nach oben.

Warum ist das der Fall?

Weihnachtsbastelei

Der Weihnachtsmann hat den Zwergen zehn Wunschzettel gebracht, die er in letzter Minute noch in seinem Briefkasten gefunden hat. Eilig machen sich die Zwerge an die Arbeit, um die gewünschten Geschenke rechtzeitig zum Fest fertig zu stellen.

Welche Wünsche stehen auf den Zetteln?

Schrauben
ROT
← ZUR
Schmiede
LEIM
LACK
BAUPLAN
Geheim!
HIER ↑
WUNSCH-
ZETTEL
EIN-
WERFEN

Winterfreuden

Molly, Vincent und Christopher genießen die kalte Winterzeit und tollen im verschneiten Garten herum. Sie haben einen Schneemann gebaut, und Christopher müht sich gerade mit einer Schneerolle ab. Doch etwas auf dieser Zeichnung stimmt nicht.

Welche Ungereimtheit entdeckst du?

Würfelspiel

Landsknecht Rudolph und seine Kameraden vergnügen sich während einer Rast beim Würfelspiel. Bei genauem Hinschauen fällt auf, dass etwas auf diesem Bild nicht stimmen kann.

Welchen Fehler entdeckst du?

Yannicks Reifen rollt

Yannick treibt an diesem Nachmittag seinen Holzreifen um die Ecke der Windmühlenstraße. Verblüfft schaut Wachtmeister Kringelmann von der gegenüberliegenden Straßenseite dem Treiben zu.

»Wenn der Reifen dem Bengel nur nicht auf die Straße rollt!«, murmelt er.

Rollt der Reifen auf die Straße?

Zauberkünstler Pipolino

Während der Nachmittagsvorstellung hat der Zauberer Pipolino 33 weiße Kaninchen aus seinem Zylinder gezaubert. Am Ende seiner Vorstellung zählt er jedoch nur noch 32 Langohren.

Wo ist das vermisste Kaninchen?

VORSTELLUNG
PIPILINO
DER GROSSE
ZAUBERER
TINTE
ESSIG
1000 Tricks
Schieß Pulv
HOKUS POKUS
Geheim

Zoobesuch am Sonntagmorgen

Als der Zoowärter an diesem Morgen für die Fütterung die Tiergehege betritt, findet er die Tür zum Affenhaus sperrangelweit offen. Die vorwitzigen Affen müssen während der Nacht entwischt sein.

Wo soll der Zoowärter sie bloß wiederfinden? Und vor allem weiß er nicht einmal, wie viele Affen sich im Käfig befanden …

Wie viele Affen haben sich hier versteckt?

Affen-Haus
PAP
Nicht füttern
Zum Aquarium
Biber

Auflösungen

Auflösungen

Seite 8: Das sechsteilige Rundbogenfenster spiegelt sich auf der Flasche wider.

Seite 10: Herr Hellmann musste soeben telefoniert haben. Der Hörer liegt anders herum.

Seite 12: Der Mann mit der Zigarette. Er versenkte die Brosche schnell im Kaffee.

Seite 14: Viktor hatte einen Skistock im Schnee entdeckt.

Seite 16: Angela hatte den Aufziehschlüssel entdeckt, der auf dem Tisch lag, an dem der Mann mit dem Heftpflaster saß.

Seite 18: Der Mann mit dem Heftpflaster hatte das Schiff im Vogelhäuschen versteckt.

Seite 20: Die Tür zum Büro wurde geöffnet; der abgebrochene Eiszapfen verriet es.

Seite 22: Unter den Gegenständen befand sich auch Frau Feuerbachs Regenschirm.

Seite 24: In der Taschenlampe. Die drei fortgeworfenen Batterien hatte Angela unter dem Auto entdeckt.

Seite 26: Der Dieb war der Angler. Die Farbstreifen an den Fußsohlen verrieten ihn.

Seite 30: Charlotte entdeckte Napoleon im Kaninchenbau (oben rechts im Bild).

Seite 32: Förster Grünkorn entdeckte die Höhle dort, wo ein kleiner Schornstein aus dem Waldboden herausragte.

Seite 34: Förster Grünkorn hatte festgestellt, dass die Kerze heruntergebrannt war.

Seite 36: Der Stamm lag auf dem Lastauto. Der Förster erkannte ihn an den Jahresringen.

Seite 38: Das waren die Birnen, die vom Baum in die Waschschüssel fielen.

Seite 42: Der Kapitän war in der Bar, Polly guckte unten aus dem Bullauge, Pongo oben aus dem Entlüfter.

Seite 44: Nahe der Schiffsschraube hielt ein Fisch die Uhr im Maul.

Seite 46: Verbindest du die 13 Steine, entsteht ein Pfeil. Er zeigt auf einen Beutel unter einem großen Stein.

Seite 48: Waagerecht: 7. Tomate, 9. Matrose, 10. Rothaut, 11. Engel. – Senkrecht: 1. Boot, 2. Lama, 3. Kette, 4. Frost, 5. Klee, 6. Berg, 8. Tau. – In der Laterne lag eine goldene Krone.

Seite 50: Im Geäst des Baumes, auf dessen Stamm das Kreuz eingezeichnet ist, befindet sich eine Gitarre.

Seite 52: Jan und Tom entdeckten eine Schatztruhe voller Goldtaler im Wald in der Nähe des Vulkans.

Seite 54: Das Schiff hieß Rosa.

Seite 58: Professor Löwenzahn musste natürlich noch seine Fische im Aquarium füttern und anschließend den Haustürschlüssel zu seinem Nachbarn bringen, damit er die weitere Pflege der Tiere übernehmen konnte.

Seite 60: Der Fehler war das Kap Hoorn. Es befindet sich in Südamerika. Die Reporter hatten es mit dem Kap der Guten Hoffnung verwechselt.

Seite 62: Gelogen hatte der Glasperlenfabrikant Otto Ramschke. Er will in der Sahara ein Känguru erlegt haben. Diese leben jedoch nur in Australien.

Seite 64: Es war nicht leicht, Charly Kroll ausfindig zu machen. Er verließ gerade die Zollstation. Nur seine Nase, die Pfeife und sein Hund »Whisky« waren zu erkennen.

Seite 66: Tetwi hätte, um seine Ausrede glaubhaft zu machen, die Krücke unter die andere Achsel schieben müssen.

Seite 68: Der Koffer war oben rechts zwischen den Lianen zu finden.

Seite 70: Es war natürlich der moderne Dampfer, der verriet, dass die Höhlenmalerei später entstanden sein musste.

Seite 72: Ein Affe hatte sich das Mikrofon geschnappt.

Seite 74: Einer aus der Mannschaft hatte sich zum Professor geschlichen, um für seine Pfeife etwas Tabak zu stibitzen.

Seite 76: Elfenbein wurde in Jonnys Urwald-Hotel geschmuggelt.

Seite 78: Fred Kieselstein war unten rechts im Bild bei den Krokodilen, der Hund unten links neben dem schwarzen Stamm des Urwaldbaumes. Die Tasche hielt oben in der Mitte ein Affe in seinen Händen und das Flugzeug war oben links hinter den Bäumen zu sehen.

Seite 80: Löwe, Zebra und der Strauß.

Seite 84: Die Diamanten steckten im Büffelkopf.

Seite 86: Der Goldklumpen lag unter dem Pferdesattel rechts oben.

Seite 88: Archie war im Brunnen.

Seite 90: Die Geldtasche war auf dem Wagen der Red Farm.

Seite 92: Der Gesuchte stand als Frau verkleidet an der Bahnhofstreppe.

Seite 94: Das Pulverfass lag rechts oben unter dem Felsen.

Seite 96: Der dritte Schütze war im Kornsack.

Seite 98: Der Falschspieler fiel gerade von der Treppe.

Seite 101: Waagerecht: 2. Garage, 6. Rad, 7. NO, 8. Kai, 11. Bandit, 12. Hase, 13. Etui, 14. Beere, 16. Gretel. – Senkrecht: 1. Kanone, 2. gar, 3. Adebar, 4. Gold, 5. Bar, 8. Kette, 9. Vase, 10. vier, 12. Heu, 14. Ute. – Der Revolver lag im hohlen Baumstamm.

Seite 104: Waagerecht: 2. Dame, 6. Oslo, 8. Anker, 10. Ort, 11. Lunte, 15. Rohr, 16. Tee, 17. Gans, 18. Reh. – Senkrecht: 1. Torf, 2. Dolch, 3. Mann, 4. Ente, 5. Arm, 7. Stirn, 9. Kette, 12. Uhr, 13. SOS, 14. Zeh. – Im Fischnetz lag ein Fernglas

Seite 106: Der Dieb war der dritte Mann von links. Farbflecken auf den Fußstangen am Bartisch und am Hocker verraten ihn.

Seite 108: Waagerecht: 5. Wald, 8. Eule, 10. Zaun, 11. Miene, 13. Ecke, 14. Ziege, 15. Pik, 16. lau, 20. Enkel, 22. Kaelte, 23. Tal, 25. Eile. – Senkrecht: 1. Kamin, 2. See, 3. Heck, 4. August, 6. Liesel, 7. Degen, 9. Leim, 10. Zelle, 12. Nelke, 14. Zimt, 15. Pille, 17. Aula, 18. Fass, 19. Seil, 21. Ei, 24. Ass. – Auf der Insel im Fluss war eine Schatztruhe verborgen.

Seite 110: Der Gartenzwerg lag in dem Holzkarren unter dem Herbstlaub.

Seite 114: Waagerecht: 6. Kamera, 9. Hut, 10. Lob, 12. Hufeisen, 15. Meer, 16. Igel, 17. Lid, 18. Tal. – Senkrecht: 1. Hahn, 2. Hefe, 3. Mais, 4. Tunnel, 5. Hobel, 7. Mund, 8. Rest, 9. Helga, 11. Brei, 13. Seite, 14. Erde – Der in den Brennnesseln

Seite 116: Verbindest du die vier Eichen, findest du unter der Brücke einen Beutel mit Goldtalern.

Seite 118: Waagerecht: 1. Dr, 3. Haut, 6. Echo, 12. Tabak, 13. Fred, 14. Lene, 15. See. – Senkrecht: 1. Dach, 2. Ruhe, 3. Hecke, 4. Ton, 5. Rabe, 7. Ohr, 8. Tal, 9. Sand, 10. Ufer, 11. Reh. – Die Taschenuhr lag links oben auf dem Balken.

Seite 120: Herr von Biedermeyer hatte nicht daran gedacht, dass die Tanne seit dem Jahre 1727 enorm gewachsen war. Ihr Schatten war also auch viel länger geworden. Das Krönchen lag im Schatten der Tanne in einer Felsspalte.

Seite 122: Waagerecht: 4. Riese, 7. Tag, 11. Bad, 12. Eisen, 13. Ei, 14. elf, 15. Etui, 16. Ente. – Senkrecht: 1. Eis, 2. Vers, 3. Aal, 4. Rad, 5. Esel, 6. Seife, 7. Tante, 8. Gleis, 9. Wald, 10. Beet. – Herr Lindemann hatte den Wasserball auf dem Birnbaum versteckt.

Seite 127: Elefant. Er liegt kopfüber unten rechts.

Seite 128: 1. Schafe, 2. Eichhörnchen, 3. Star, 4. Hund, 5. Pferde, 6. Tauben, 7. Schweine, 8. Hühner, 9. Specht, 10. Fuchs

Seite 130: 1. Osterhase, 2. Schaf, 3. Tasse, 4. Ente, 5. Regenschirm, 6. Gans, 7. Luftballon, 8. Osterei, 9. Clown, 10. Katze, 11. Eimer, 12. Nest = Osterglocken

Seite 132 Singdrossel

Seite 134: Die Personen sitzen in den Strandkörben mit den Nummern: 32, 41, 27.

Seite 136 Flocki steht am Baum und verbellt die Katze.

Seite 138: Christian steht hinter dem Schneemann.

Seite 140: Anna Meier – Wiesengasse sieben.

Seite 142: Die Telefongabel befindet sich immer an der linken Seite des Apparates.

Seite 144: Der Dieb stahl eine Perlenkette, die er im aufgeschnittenen Kürbis versteckte.

Seite 146: Statt das Osterkörbchen auf einen Stein zu stellen, hat Daniela es versehentlich auf eine Schildkröte gestellt, die sich nun unten rechts im Bild befindet.

Seite 148: Der Spieler mit dem Hut hat seine Karten in der Hand falsch gesteckt. Er kann Farbe und Augenzahl, die bei diesem Blatt jeweils nur auf den linken oberen Kartenecken stehen, nicht sehen.

Seite 150: Das Windrad hinter der Mühle müsste am Dach befestigt sein. Es bewegt über Zahnräder das Dach mit den Flügeln gegen den Wind.

Seite 152: Meise, Uhrzeiger, Haarschleife, Pfeife, Kleie, Weizensack, Eichhörnchen, Feile, Hufeisen, Seil, Seilwinde, Ortsschild »Klein Konopken«, Schwein, Hühnerei, Beil, Reibe, Zweig, Schornstein, 1832, Weidenkätzchen, Holzscheit, Zeitung, Reiter, Stein, Fensterscheibe, Leiter, Teich.

Seite 154: 1. Fußboden unten links, 2. rechts vom Grammophon, 3. unter dem Schild »Saftladen«, 4. rechts vom Zebra, 5. vor dem Grammophonschrank, 6. am Knie vom tanzenden Mann mit Hammer und Melone 7. unterhalb der tanzenden Katze, 8. rechts oberhalb vom Saftladen, 9. auf der Treppe links oberhalb vom Saftladen, 10. hinter dem Kraftfutterstand, 11. vor der Gardine, 12. links auf dem Fußboden, 13. rechts neben dem Grammophonschrank

Seite 156: Autolampe, Autotürgriff, Nummernschild, Reifenspur, Katze, Nistkasten, Stalltür, Scharnier der Stalltür, Pferdehuf, Eimer

Seite 158: Storch, Kuckuck, Schlange, Bienen, Igel, Schmetterling, Eidechse, Frosch, Dachs, Spinne

Seite 160: Das obere Bild wurde später aufgenommen. Da die Kerzen niedergebrannt sind, haben sich die Lampions wegen des verringerten Gewichts zusammengezogen.

Seite 162: Oeffne die vierte Treppenstufe: Diamantkette

Seite 164: Der zweispännige Wagen kommt vom Tannenhof, das verrät der grüne Grasstreifen in der Mitte des Weges. Die Pferde laufen rechts und links davon.

Seite 166: Schwein

Seite 168: Tasse, Ente, Stiefel, Herz, Pflanze, Buchstabe A, Stern

Seite 170: Das obere Boot ist größer.

Seite 171: Pferd

Seite 172: Keine. Die Treppe ist eine optische Täuschung.

Seite 173: Keine. Die Bäume sind eine optische Täuschung.

Seite 174: Der Flügel steht verkehrt. Seine Öffnung müsste zum Saal weisen, wohin der Deckel den Schall reflektiert.

Seite 175: Hier ist ein afrikanischer Elefant mit großen Ohren dargestellt.

Seite 176: 1. Koch, 2. Affe, 3. Ritter, 4. Astronaut, 5. Matrose, 6. Eule, 7. Leuchtturm, 8. Löwe, 9. Esel, 10. Nixe – Karamellen

Seite 178: Da der Löffel mit dem Monogramm B.P. am rechten Rand abgewetzt ist, wurde er von einem Linkshänder benutzt. Die Frau mit der Brille ist also Betty Paulsen.

Seite 180: Kalender, Brauseglas, Grammophon, Zifferblatt, Tanne, Ballonschnur, Türklinke, Fasshahn, Plakat, Fischschuppen, Hand, Lampenstecker

Seite 182: 1. Laterne, 2. Uhr, 3. Flasche, 4. Trompete, 5. Brezel, 6. Anker, 7. Löwe, 8. Lastwagen, 9. Ofen, 10. Nase – Luftballon

Seite 184: Das Schiffstau erscheint auf einer Hälfte links herum gedreht, auf der anderen rechts herum. Die Windungen müssten in gleicher Richtung verlaufen.

Seite 185: Die Pendeluhr. Sie würde auf dem schwankenden Schiff nicht funktionieren.

Seite 186: Versandhaus, Grosshandel, Möbel-Transport, Kaffee, Zoo, Reiseandenken, Apotheke, Speiseeis, Waffen

Seite 188: 1K, 2A, 3T, 4Z, 5E, 6N, 7A (Glühwürmchen), 8U, 9G, 10E = Katzenauge

Seite 190: Ein Messerwerfer hält das Messer stets an der Spitze der Klinge. Da der Griff schwerer als die Klinge ist, bekommt es so mehr Schwung und Treffsicherheit.

Seite 191: Nein. Er ist zwischen den vorderen und den hinteren Käfigsprossen eingeklemmt.

Seite 192: Die Eule kann ihre Pupillen nicht bewegen. Um Beutetiere in der Dunkelheit zu erspähen, dreht sie den Kopf ruckartig um bis zu 270 Grad.

Seite 193: Ein Regenbogen steht immer der Sonne gegenüber. Da sie um 18.00 Uhr im Westen ist, steht der Regenbogen im Osten. Der Zug fährt demnach nach Süden.

Seite 194: Schaf

Seite 195: Huhn

Seite 196: Eidechse

Seite 198: Die Fohlen von Schimmelstuten werden mit dunklem oder meliertem Fell geboren. Sie werden erst im Laufe der Jahre weiß.

Seite 200: Wetterhahn

Seite 202: Essbar: Feldchampignon, giftig: Knollenblätterpilz

Seite 204: 1A–1D, 2E–5F, 3A–4B, 3D–6E, 4F–5A

Seite 206: Die Reise führte von Berlin über Köln, Rom, Athen, Kairo, Teheran, Bombay, Tokio, Sidney, New York, London, Paris und Brüssel nach Hamburg.

Seite 207: Nach dem physikalischen Gesetz der Trägheit müsste der Mann nach vorn fallen.

Seite 208: Die Richtung der Streifen auf der Krawatte des Lehrers. Die Streifen auf dem Knoten verlaufen quer zu den Streifen auf der herabhängenden Krawatte.

Seite 209: Der Täter hat sich beim Zeichnen mit der rechten Hand auf der Tafel abgestützt, deshalb kommt nur Ute infrage, die einzige Linkshänderin in der Klasse. Sie sitzt links in der dritten Reihe.

Seite 210: Zwischen Hund und Gänsen ist kopfüber ein Fuchs zu sehen.

Seite 212: Kofferschnalle. Beim straff gespannten Riemen muss der Dorn der Schnalle nach oben gerichtet sein.

Seite 213: Die senkrechten Linien des Zuges verlaufen zum Signalmast nicht parallel: In einer Kurve stehen die Waggons immer schief, weil da – zum Ausgleich der Fliehkraft – die äußere Schiene beachtlich höher liegt als die innere.

Seite 214: Die Kilometerangabe auf dem Schild wurde erst 1889 in Mitteleuropa eingeführt.

Seite 216: Elster. Sie sitzt auf dem Baum hinter dem Wohnhaus.

Seite 218: Schmetterling, rechts unterhalb des Zuges

Seite 220: Natur

Seite 222: Das Spinnennetz: Der Fangfaden, den die Spinne auf den strahlenförmigen Haltefäden befestigt, bildet keine konzentrischen Kreise, sondern eine Spirale.

Seite 223: Herr Sörensen nimmt sicherlich den Boxer, weil dieser mit seinem kurzen Schwanz nicht wedeln und somit kein Porzellan zerschlagen kann.

Seite 224: Es ist gerade Flut. Dass das Wasser vom Meer in den Fluss strömt, ist an dem angebundenen Boot zu erkennen, das sich gegen die Strömung gestellt hat.

Seite 225: Die Wölbung der Staumauer geht zur falschen Seite. Um dem Druck der Wassermassen standzuhalten, ist der Stahlbetonbogen einer Talsperre stets zum Stausee hin gewölbt.

Seite 226: Es ist an den unten abrasierten Baumkronen zu erkennen. Das Laub wurde von den Weidetieren in Reichweite glatt abgefressen.

Seite 227: Dieser Fußball ist eine technische Unmöglichkeit. Hätten alle seine Teile gleich große Sechsecke, würde das Leder, genau wie sechseckige Gehwegplatten, eine ebene Fläche bilden. Die Kugelform ergibt sich aus 20 weißen Sechsecken und 12 schwarzen Fünfecken.

Seite 228: Die blanke Radkappe des Autos bildet einen gewölbten Spiegel. Das Bild des Hundes wird nicht vergrößert, sondern verkleinert.

Seite 229: Die Fahrradlampe ist auf diesem Bild an dem Rahmen montiert, nicht am Lenker. Die Lampe würde somit in der Kurve den Weg nicht richtig beleuchten.

Seite 230: Natur

Seite 232: In der Amphore steckt eine Agave. Dieses Gewächs stammt aus Mexiko. Es wurde erst 1561 von den Spaniern nach Europa gebracht und danach im Mittelmeerraum verbreitet.

Seite 234: Hier ist ein Seil links herum, das andere rechts herum gedreht. Der Junge erhält somit den Schimmel.

Seite 235: Diese Bauweise bot Vorteile bei der Verteidigung: Bei einem Angriff konnten die Verteidiger im Schutz der Treppenspindel mit dem rechten Arm das Schwert oder den Degen frei nach unten schlagen. Die Angreifer aber waren durch die Spindel behindert, sofern sie nicht mit dem linken Arm kämpften. Wendeltreppen, die links herum nach oben führen, wurden vermutlich von Burgherren gebaut, die Linkshänder waren.

Seite 236: Schlitten, Puppenstube, Roller, Auto, Puppenwagen, Schaukelpferd, Eisenbahn, Fußball, Flugzeug, Puppe

Seite 238: Die Spirale in der Schneerolle des Jungen ist verkehrt herum gezeichnet. Da hier der Schnee rechts herum gerollt wird, müsste die Spirale von innen nach außen links herum dargestellt werden.

Seite 239: Die Würfelaugen sind falsch angeordnet. Zwei gegenüberliegende Augenzahlen ergeben zusammen stets sieben.

Seite 240: Nein, es ist eine optische Täuschung. Der Reifen kann so gar nicht rollen.

Seite 242: Das Kaninchen sitzt – von der Tinte gefärbt – unter dem Zauberbuch.

Seite 244: 17 Affen